Contos de
MACHADO
DE
ASSIS

VOLUME
6

Desrazão

Organização
JOÃO CEZAR DE CASTRO ROCHA

Contos de MACHADO DE ASSIS

VOLUME
* 6 *

Desrazão

EDITORA RECORD
RIO DE JANEIRO • SÃO PAULO

2008

CIP-Brasil. Catalogação-na-fonte
Sindicato Nacional dos Editores de Livros, RJ.

A866c
v.6
Assis, Machado de, 1839-1908
Contos de Machado de Assis, v.6: desrazão /
Machado de Assis; João Cezar de Castro Rocha (org.).
– Rio de Janeiro: Record, 2008.

ISBN 978-85-01-08382-1

1. Literatura e história – Ficção. 2. Conto
brasileiro. I. Rocha, João Cezar de Castro. II. Título.
III. Título: Desrazão.

08-3237
CDD – 869.93
CDU – 821.134.3(81)-3

Copyright de introdução e organização © João Cezar de Castro Rocha, 2008

Projeto gráfico de capa e miolo: Rafael Saraiva

Direitos exclusivos desta edição reservados pela
EDITORA RECORD LTDA.
Rua Argentina 171 – Rio de Janeiro, RJ – 20921-380 – Tel.: 2585-2000

Impresso no Brasil

ISBN 978-85-01-08382-1

PEDIDOS PELO REEMBOLSO POSTAL
Caixa Postal 23.052
Rio de Janeiro, RJ – 20922-970

EDITORA AFILIADA

Sumário

Introdução — "Narciso acha feio o que não é espelho" 7
Três tesouros perdidos (1858) 15
Frei Simão (1864) 19
A mosca azul (1880) 31
O Alienista (1881-1882) 35
Verba testamentária (1882) 95
A idéia do Ezequiel Maia (1883) 107
O Lapso (1883) 117
Conto Alexandrino (1883) 129
A segunda vida (1884) 141
Só! (1885) 151
O dicionário (1885) 161
A causa secreta (1885) 167
Sales (1887) 179
Uma noite (1895) 189

Introdução
"Narciso acha feio o que não é espelho"

João Cezar de Castro Rocha

Uma palavra toda prosa

A fortuna da palavra "razão" é extraordinária. A riqueza de seus significados compõe autêntico arco-íris de possibilidades semânticas, cuja exploração, ora sutil, ora franca, constituiu um dos exercícios ficcionais preferidos de Machado de Assis e, por assim dizer, a própria *razão* de ser deste volume. Em sua história multissecular, o conceito de "razão" abandonou o humilde sentido de "medida", "proporção", transformando-se na acepção mais nobre de "empenho", "causa". Portanto, de simples instrumento objetivo e externo de medição, o vocábulo passou à esfera do subjetivo, do humano. Muito em breve, o termo adquiriu equivalência ainda mais elevada, prometendo na sua ocorrência a idéia de "sistema", "doutrina", "inteligência". Vale dizer, a palavra adquiriu um grau novo de sofisticação, implicando a articulação complexa de noções diversas, organizadas sob um mesmo princípio diretivo. O passo seguinte, dado por Aristóteles, disseminou-se pela história da filosofia, definindo "razão" como a faculdade intelectual e lingüística que distingue o ser humano de outros animais. A designação taxonômica, adotada pela ciência moderna, reciclou a noção, atribuindo à espécie humana a qualificação otimista de *homo sapiens*. O homem é o animal racional, segundo a conhecida (e indulgente) fórmula. Dessa característica deriva sua superioridade e sobretudo a capacidade de aproveitar-se da natureza, alterando-a a seu bel-prazer — afinal, Narciso acha feio o que não é espelho...

As conseqüências dessa orgulhosa metamorfose foram bem estudadas por Theodor Adorno e Max Horkheimer, no clássico ensaio *Dialética do Esclarecimento*, publicado em 1947. Na visão dos críticos alemães, o caráter instrumental da razão relaciona-se a uma operação conceitual de mão única, em que o exercício (necessário) de uma primeira abstração é seguido por novas abstrações, em lugar de ser "corrigido" mediante progressivas reaproximações ao dado particular. Duas opções são aqui possíveis. De um lado, após a abstração inicial, retorna-se à concretude dos objetos, o que revigora o conceito pela necessidade de afiar sua determinação no choque com elementos singulares. De outro lado, o sujeito limita-se ao conceito, procurando uma abstração ainda mais geral. Em conseqüência, o sujeito perde contato com os objetos e, no final do processo, transforma-se ironicamente em objeto da operação por ele acionada. Na ausência do dado particular — que sempre oferece resistência a todo impulso universal pelo caráter único de sua existência —, o padrão de medida não pode ser senão o próprio conceito, que assume assim o papel de sujeito da operação, reduzindo o sujeito (humano) à condição de mero objeto do processo que não pode mais controlar, muito embora o tenha iniciado. Exatamente como acontece na literatura de Franz Kafka, em que o pesadelo da razão instrumental vem à superfície. Em *O Processo*, por exemplo, a rotina do tribunal não é um meio para se obter justiça, mas um fim em si mesmo — o fim da justiça, não se esqueça.

Aliás, Machado já havia advertido (e superado) esse dilema na figura do Dr. Simão Bacamarte, o alienista que, obcecado por suas teorias, terminou por alienar-se completamente do tema a que deveria dedicar-se: a pesquisa de manifestações concretas de loucura, em lugar da aplicação mecânica de suas teorias; aliás, em perpétua mudança. Na ficção de Machado, o cão morde o próprio rabo, pois, ao tornar-se objeto de suas (infrutíferas) investigações, o cientista da Casa Verde desempenha o papel de involuntária metonímia do processo levado a cabo pela razão instrumental: a reificação do sujeito. Nessa circunstância, a única lógica possível refere-se à autopreservação tautológica dos próprios procedimentos. Esse processo equivale à denúncia da irracionalidade da razão instrumental, pois, em lugar de ser um meio para a interação do homem com o mundo, o processo transforma sujeitos em objetos. Por isso, uma exceção foi aberta neste volume para a inclusão do poema "A mosca azul", cujo motivo é a impossibilidade de exaurir a complexidade do mundo, como se se pudesse dissecar um ser vivo e simultaneamente preservar seu princípio vital. O poleá, que se comporta "como um homem que quisesse / Dissecar a sua ilusão", pagou um preço alto pela ingenuidade — como o leitor desta coletânea verificará. Aliás, tópico semelhante também é discutido em "Conto Alexandrino", com conseqüências ainda mais funestas para os impiedosos sábios Stroibus e Pítias.

Em alguma medida, a vitalidade da obra de Machado reside na crítica sistemática à crença ingênua na onisciência da razão. Ora, até num romance meão como *Helena*, o autor preocupou-se com a expressão daquilo que se oculta além e aquém da racionalidade. Numa eloqüente passagem, em que o padre revela ao incrédulo Estácio o amor que ele sente por Helena, que todos supunham ser sua irmã, as palavras do sacerdote tocam o dedo na ferida: "— Teu coração é um grande inconsciente; agita-se, murmura, rebele-se, vaga à feição de um instinto mal expresso e mal compreendido". O narrador conclui a cena, propondo uma reflexão feita sob medida para futuros psicanalistas:

> *O que a consciência deste ignorava, sabia-o o coração, e só lho disse naquela hora solene. A consciência, depois de tatear nas trevas, recuou apavorada, como afastando de si o clarão súbito que acendera nela a palavra do sacerdote. Estácio não respondeu nada; não podia responder nada. Com que vocábulo e em que linguagem humana exprimiria ele a comoção nova e terrível que lhe abalara a alma toda? que fio pudera atar-lhes as idéias rotas e dispersas?*[1]

No fundo, a busca da linguagem capaz de dar voz ao avesso da razão é o tema que reúne os contos deste volume.

Eu prefiro ser...
O primeiro conto publicado por Machado, "Três tesouros perdidos", lançado em *A marmota*, em 5 de janeiro de 1858, nunca foi reunido pelo autor em livro. Compreende-se: foi o ano de estréia do contista, então com dezenove anos. O texto evidencia a circunstância. O relato é breve e convencional, ocultando um óbvio equívoco, logo percebido pelo leitor: o marido enganado, embora seja sempre o último a saber, de-

---
1. Machado de Assis. *Helena*. Afrânio Coutinho (org.). Obra Completa. Volume I. Rio de Janeiro: Nova Aguilar, 1986, p. 363 e 364.

veria ser o primeiro a desconfiar, pois a mulher o abandona, fugindo com o melhor amigo. Apesar disso, o conto inclui a figura de um "louco varrido" que se transforma num "doido com juízo". Nesse oxímoro delineia-se o cruzamento de insanidade com lucidez, uma das chaves do olhar machadiano, cujo ponto máximo de inflexão se encontra em "O alienista".

Em outro conto de juventude, "Frei Simão", publicado em 1864, Machado deu um significativo passo adiante. Assinale-se a forma do "diagnóstico" da loucura do frei. Seu comportamento arredio, casmurro, poderia sugerir misantropia, mas não autorizaria a determinação de insanidade. Contudo, o caráter lacunar da escrita de suas memórias e o delírio verbal no meio de um sermão formam a base da acusação. Leia-se a passagem decisiva: "No manuscrito do frade há uma série de reticências dispostas em oito linhas. Ele próprio não sabe o que passou. Mas o que se passou foi que, mal conhecera Helena, continuou o frade o discurso. Era outra coisa: era um discurso sem nexo, sem assunto, um verdadeiro delírio. A consternação foi geral."

Portanto, a prova conclusiva da insânia é de natureza lingüística: o frei se isolou dos homens, renunciando progressivamente à linguagem. Suas memórias, assim como a lembrança do malogrado sermão, reforçam o diagnóstico: "um discurso sem nexo", "fragmentos incompletos" — e o pleonasmo importa como índice do vínculo estabelecido entre loucura e perda do domínio da linguagem. É como se o verdadeiro problema fosse nem tanto a desrazão mas a incapacidade de ocultá-la mediante o uso socialmente legitimado da linguagem.

Talvez por isso em "O alienista" o narrador dissemine pistas ao longo do texto sobre a alienação progressiva de Simão Bacamarte através do próprio discurso do médico. A inscrição da loucura no plano lingüístico, isto é, a intuição acerca do caráter lingüístico da (apreensão) da realidade, constitui o núcleo da história. O desenvolvimento dessa idéia ocupará parte considerável da produção madura de Machado.

Posso explicitar a hipótese mediante um conjunto de citações associado à palavra-chave "razão". É importante que se perceba a oscilação de sentido da palavra. É como se Machado transformasse o texto de "O alienista" em autêntico campo minado, numa vertiginosa recapitulação da própria história do vocábulo.

Por exemplo, num de seus entusiasmos, Bacamarte propôs: "demarquemos definitivamente os limites da razão e da loucura. A razão é o perfeito equilíbrio de todas as faculdades; fora daí insânia, insânia, e só insânia". Trata-se de definição em aparência irrefutável. Não há dúvida nessa passagem; aqui, "razão" refere-se à faculdade de raciocinar, de julgar; à acepção a mais nobre de todas. Como se fosse um Kant perdido na vila de Itaguaí, o alienista esboça uma "crítica da (des)razão pura". O problema, contudo, tem localização diversa. O próprio texto insinua que o "perfeito equilíbrio" almejado encontra-se ameaçado pela dicção excessiva: "fora daí insânia, insânia, e só insânia" — a repetição desorienta a frase, sugerindo o perfeito desequilíbrio que toma conta do alienista.

Em momento delicado, enfrentando uma rebelião, quando os cidadãos de Itaguaí pretendem transformar a Casa Verde numa Bastilha periférica, o alienista manteve-se altivo: "Meus senhores, a ciência é coisa séria, e merece ser tratada com seriedade. Não dou razão dos meus atos de alienista a ninguém, salvo aos mestres e a Deus." A sentença é lapidar: algo que seja sério, trata-se com... seriedade! Ou seja, a mesma gravidade com a qual o Dr. Bacamarte, a metamorfose ambulante da psiquiatria tupiniquim, mudava de opinião e, sobretudo, impunha excêntricas regras de conduta aos assustados moradores da vila de Itaguaí. Por isso, a usual tautologia das declarações do médico compõe um espetáculo à parte, nem sempre observado pelos críticos sisudos, incapazes de saborear o fino humor que tece a trama. A seqüência é puro riso. Em primeiro lugar, o sentido de "razão" desliza para "motivo", "justificação de um ato". A escolha vocabular não é nada casual, assim como é ainda menos razoável a gradação proposta — o alienista só se explica aos mestres e.... a Deus. A ausência de mediação entre categorias tão extremas implica uma contradição lógica que leva o leitor a sorrir consigo mesmo. Como Bacamarte era o maior de todos os sábios e, salvo engano, como não se consulta o Todo-poderoso com freqüência, conclui-se que a "razão" do médico é soberana.

Um último exemplo, à guisa de conclusão. No auge da revolta, o barbeiro Porfírio, o dono do poder de plantão, buscou contemporizar, empregando um argumento falacioso: "Com razão ou sem ela, a opinião crê que a maior parte dos doidos ali metidos estão em seu perfeito juízo (...)." Aqui, a palavra-chave significa "motivação justa"; ao passo que "perfeito juízo" equivale à "razão". Ora, a pluralidade semântica desfavorece a unidade pretendida pelo médico e a dança dos sentidos esclarece a crítica bem-humorada, não apenas da nascente psiquiatria, mas também de toda reflexão que almeja a orgulhosa condição de sistema — por exemplo, a psicanálise. Na peculiar psicologia de Simão Bacamarte, silogismo e auto-engano são parentes próximos.

Em suma, os contos machadianos deste volume semeiam contradições, expondo com sutileza os desencontros do comportamento humano; seja o sadismo de "A causa secreta" ou as monomanias de "A idéia do Ezequiel Maia", seja o delírio presente em "Sales", "A segunda vida" ou a irrupção repentina da loucura em "Uma noite". Portanto, identificar a relevância do tema da desrazão e as metamorfoses de suas múltiplas faces, além de flagrar modificações relevantes no seu tratamento são os objetivos principais desta coletânea.[2]

* * *

---

[2]. A preparação deste volume e a escrita desta introdução foram favorecidas por bolsa de produtividade concedida pelo CNPq. Graças a auxílio concedido pela FAPERJ, Adriane Camara de Oliveira, Thomaz Amorim Neto e Daniele Rodrigues Ramos Kazan colaboraram na preparação dos originais.

Três tesouros perdidos[1]

Uma tarde, eram quatro horas, o Sr. X... voltava à sua casa para jantar. O apetite que levava não o fez reparar em um cabriolé que estava parado à sua porta. Entrou, subiu a escada, penetra na sala e... dá com os olhos em um homem que passeava a largos passos como agitado por uma interna aflição.

Cumprimentou-o polidamente; mas o homem lançou-se sobre ele e com uma voz alterada, diz-lhe:

— Senhor, eu sou F..., marido da senhora Dona E...

— Estimo muito conhecê-lo, responde o Sr. X...; mas não tenho a honra de conhecer a senhora Dona E...

— Não a conhece! Não a conhece!... quer juntar a zombaria à infâmia?

— Senhor!...

E o Sr. X... deu um passo para ele.

— Alto lá!

O Sr. F..., tirando do bolso uma pistola, continuou:

— Ou o senhor há de deixar esta corte, ou vai morrer como um cão!

---

1. Publicado em *A Marmota* (05-01-1858).

— Mas, senhor, disse o Sr. X..., a quem a eloqüência do Sr. F... tinha produzido um certo efeito, que motivo tem o senhor?...
— Que motivo! É boa! Pois não é um motivo andar o senhor fazendo a corte à minha mulher?
— A corte à sua mulher! não compreendo!
— Não compreende! oh! não me faça perder a estribeira.
— Creio que se engana...
— Enganar-me! É boa!... mas eu o vi... sair duas vezes de minha casa...
— Sua casa!
— No Andaraí... por uma porta secreta... Vamos! ou...
— Mas, senhor, há de ser outro, que se pareça comigo...
— Não; não; é o senhor mesmo... como escapar-me este ar de tolo que ressalta de toda a sua cara? Vamos, ou deixar a cidade, ou morrer... Escolha!

Era um dilema. O Sr. X... compreendeu que estava metido entre um cavalo e uma pistola. Pois toda a sua paixão era ir a Minas, escolheu o cavalo.

Surgiu, porém, uma objeção.
— Mas, senhor, disse ele, os meus recursos...
— Os seus recursos! Ah! tudo previ... descanse... eu sou um marido previdente.

E tirando da algibeira da casaca uma linda carteira de couro da Rússia, diz-lhe:
— Aqui tem dois contos de réis para os gastos da viagem; vamos, parta! parta imediatamente. Para onde vai?
— Para Minas.
— Oh! a pátria do Tiradentes! Deus o leve a salvamento... Perdôo-lhe, mas não volte a esta corte... Boa viagem!

Dizendo isto, o Sr. F... desceu precipitadamente a escada, e entrou no cabriolé, que desapareceu em uma nuvem de poeira.

O Sr. X... ficou por alguns instantes pensativo. Não podia acreditar nos seus olhos e ouvidos; pensava sonhar. Um engano trazia-lhe dois contos de réis, e a realização de um dos seus mais caros sonhos. Jantou tranqüilamente, e daí a uma hora partia para a terra de Gonzaga, deixando em sua casa apenas um moleque encarregado de instruir, pelo espaço de oito dias, aos seus amigos sobre o seu destino.

No dia seguinte, pelas onze horas da manhã, voltava o Sr. F... para a sua chácara de Andaraí, pois tinha passado a noite fora.

Entrou, penetrou na sala, e indo deixar o chapéu sobre uma mesa, viu ali o seguinte bilhete:

Meu caro esposo! Parto no paquete em companhia do teu amigo P... Vou para a Europa. Desculpa a má companhia, pois melhor não podia ser. — Tua E...

Desesperado, fora de si, o Sr. F... lança-se a um jornal que perto estava: o paquete tinha partido às oito horas.

— Era P... que eu acreditava meu amigo... Ah! maldição! Ao menos não percamos os dois contos! Tornou a meter-se no cabriolé e dirigiu-se à casa do Sr. X..., subiu; apareceu o moleque.

— Teu senhor?
— Partiu para Minas.
O Sr. F... desmaiou.
Quando deu acordo de si estava louco... louco varrido!
Hoje, quando alguém o visita, diz ele com um tom lastimoso:
— Perdi três tesouros a um tempo: uma mulher sem igual, um amigo a toda prova, e uma linda carteira cheia de encantadoras notas... que bem podiam aquecer-me as algibeiras!...

Neste último ponto, o doido tem razão, e parece ser um doido com juízo.

***

Frei Simão[1]

Capítulo Primeiro

Frei Simão era um frade da ordem dos Beneditinos. Tinha, quando morreu, cinqüenta anos em aparência, mas na realidade trinta e oito. A causa desta velhice prematura derivava da que o levou ao claustro na idade de trinta anos, e, tanto quanto se pode saber por uns fragmentos de Memórias que ele deixou, a causa era justa.

Era frei Simão de caráter taciturno e desconfiado. Passava dias inteiros na sua cela, donde apenas saía na hora do refeitório e dos ofícios divinos. Não contava amizade alguma no convento, porque não era possível entreter com ele os preliminares que fundam e consolidam as afeições.

Em um convento, onde a comunhão das almas deve ser mais pronta e mais profunda, frei Simão parecia fugir à regra geral. Um dos noviços pôs-lhe alcunha de *urso*, que lhe ficou, mas só entre os noviços, bem entendido. Os frades professos, esses, apesar do desgosto que o gênio solitário de frei Simão lhes inspirava, sentiam por ele certo respeito e veneração.

---

[1]. Publicado em *Jornal das Famílias* (jun. de 1864). Reunido pelo autor em *Contos Fluminenses* (1869).

Um dia anuncia-se que frei Simão adoecera gravemente. Chamaram-se os socorros e prestou-se ao enfermo todos os cuidados necessários. A moléstia era mortal; depois de cinco dias frei Simão expirou.

Durante estes cinco dias de moléstia, a cela de frei Simão esteve cheia de frades. Frei Simão não disse uma palavra durante esses cinco dias; só no último, quando se aproximava o minuto fatal, sentou-se no leito, fez chamar para mais perto o abade, e disse-lhe ao ouvido com voz sufocada e em tom estranho:

— Morro odiando a humanidade!

O abade recuou até a parede ao ouvir estas palavras, e no tom em que foram ditas. Quanto a frei Simão, caiu sobre o travesseiro e passou à eternidade.

Depois de feitas ao irmão finado as honras que se lhe deviam, a comunidade perguntou ao seu chefe que palavras ouvira tão sinistras que o assustaram. O abade referiu-as, persignando-se. Mas os frades não viram nessas palavras senão um segredo do passado, sem dúvida importante, mas não tal que pudesse lançar o terror no espírito do abade. Este explicou-lhes a idéia que tivera quando ouviu as palavras de frei Simão, no tom em que foram ditas, e acompanhadas do olhar com que o fulminou: acreditara que frei Simão estivesse doido; mais ainda, que tivesse entrado já doido para a ordem. Os hábitos da solidão e taciturnidade a que se votara o frade pareciam sintomas de uma alienação mental de caráter brando e pacífico; mas durante oito anos parecia impossível aos frades que frei Simão não tivesse um dia revelado de modo positivo a sua loucura; objetaram isso ao abade; mas este persistia na sua crença.

Entretanto procedeu-se ao inventário dos objetos que pertenciam ao finado, e entre eles achou-se um rolo de papéis convenientemente enlaçados, com este rótulo: *"Memórias que há de escrever frei Simão de Santa Águeda, frade beneditino."*

Este rolo de papéis foi um grande achado para a comunidade curiosa. Iam finalmente penetrar alguma coisa no véu misterioso que envolvia o passado de frei Simão, e talvez confirmar as suspeitas do abade. O rolo foi aberto e lido para todos.

Eram, pela maior parte, fragmentos incompletos, apontamentos truncados e notas insuficientes; mas de tudo junto pôde-se colher que realmente frei Simão estivera louco durante certo tempo.

O autor desta narrativa despreza aquela parte das Memórias que não tiver absolutamente importância; mas procura aproveitar a que for menos inútil ou menos obscura.

Capítulo II

As notas de frei Simão nada dizem do lugar do seu nascimento nem do nome de seus pais. O que se pôde saber dos seus princípios é que, tendo concluído os estudos preparatórios, não pôde seguir a carreira das letras, como desejava, e foi obrigado a entrar como guarda-livros na casa comercial de seu pai.

Morava então em casa de seu pai uma prima de Simão, órfã de pai e mãe, que haviam por morte deixado ao pai de Simão o cuidado de a educarem e manterem. Parece que os cabedais deste deram para isto. Quanto ao pai da prima órfã, tendo sido rico, perdera tudo ao jogo e nos azares do comércio, ficando reduzido à última miséria.

A órfã chamava-se Helena; era bela, meiga e extremamente boa. Simão, que se educara com ela, e juntamente vivia debaixo do mesmo teto, não pôde resistir às elevadas qualidades e à beleza de sua prima. Amaram-se. Em seus sonhos de futuro contavam ambos o casamento, coisa que parece mais natural do mundo para corações amantes.

Não tardou muito que os pais de Simão descobrissem o amor dos dois. Ora é preciso dizer, apesar de não haver declaração formal disto nos apontamentos do frade, é preciso dizer que os referidos pais eram de um egoísmo descomunal. Davam de boa vontade o pão da subsistência a Helena; mas lá casar o filho com a pobre órfã é que não podiam consentir. Tinham posto a mira em uma herdeira rica, e dispunham de si para si que o rapaz se casaria com ela.

Uma tarde, como estivesse o rapaz a adiantar a escrituração do livro-mestre, entrou no escritório o pai com ar grave e risonho ao mesmo tempo, e disse ao filho que largasse o trabalho e o ouvisse. O rapaz obedeceu. O pai falou assim:

— Vais partir para a província de ***. Preciso mandar umas cartas ao meu correspondente Amaral, e como sejam elas de grande importância, não quero confiá-las ao nosso deleixado correio. Queres ir no vapor ou preferes o nosso brigue?

Esta pergunta era feita com grande tino.

Obrigado a responder-lhe, o velho comerciante não dera lugar a que seu filho apresentasse objeções.

O rapaz enfiou, abaixou os olhos e respondeu:

— Vou onde meu pai quiser.

O pai agradeceu mentalmente a submissão do filho, que lhe poupava o dinheiro da passagem no vapor, e foi muito contente dar parte à mulher de que o rapaz não fizera objeção alguma.

Nessa noite os dois amantes tiveram ocasião de encontrar-se sós na sala de jantar.

Simão contou a Helena o que se passara. Choraram ambos algumas lágrimas furtivas, e ficaram na esperança de que a viagem fosse de um mês, quando muito.

À mesa do chá, o pai de Simão conversou sobre a viagem do rapaz, que devia ser de poucos dias. Isto reanimou as esperanças dos dois amantes. O resto da noite passou-se em conselhos da parte do velho ao filho sobre a maneira de portar-se na casa do correspondente. Às dez horas, como de costume, todos se recolheram aos aposentos.

Os dias passaram-se depressa. Finalmente raiou aquele em que devia partir o brigue. Helena saiu de seu quarto com os olhos vermelhos de chorar. Interrogada bruscamente pela tia, disse que era uma inflamação adquirida pelo muito que lera na noite anterior. A tia prescreveu-lhe abstenção da leitura e banhos de água de malvas.

Quanto ao tio, tendo chamado Simão, entregou-lhe uma carta para o correspondente, e abraçou-o. A mala e um criado estavam prontos. A despedida foi triste. Os dois pais sempre choraram alguma coisa, a rapariga muito.

Quanto a Simão, levava os olhos secos e ardentes. Era refratário às lágrimas, por isso mesmo padecia mais.

O brigue partiu. Simão, enquanto pôde ver terra, não se retirou de cima; quando finalmente se fecharam de todo as *paredes do cárcere que anda*, na frase pitoresca de Ribeyrolles, Simão desceu ao seu camarote, triste e com o coração apertado. Havia como um pressentimento que lhe dizia interiormente ser impossível tornar a ver sua prima. Parecia que ia para um degredo.

Chegando ao lugar do seu destino, procurou Simão o correspondente de seu pai e entregou-lhe a carta. O Sr. Amaral leu a carta, fitou o rapaz, e, depois de algum silêncio, disse-lhe, volvendo a carta:

— Bem, agora é preciso esperar que eu cumpra esta ordem de seu pai. Entretanto venha morar para a minha casa.

— Quando poderei voltar? perguntou Simão.

— Em poucos dias, salvo se as coisas se complicarem.

Este *salvo*, posto na boca de Amaral como incidente, era a oração principal. A carta do pai de Simão versava assim:

Meu caro Amaral,

Motivos ponderosos me obrigam a mandar meu filho desta cidade. Retenha-o por lá como puder. O pretexto da viagem é ter eu necessidade de ultimar alguns negócios com você, o que dirá ao pequeno, fazendo-lhe sempre crer que a demora é pouca ou nenhuma. Você, que teve na sua adolescência a triste idéia de engendrar romances, vá inventando circunstâncias e ocorrências imprevistas, de modo que o rapaz não me torne cá antes de segunda ordem. Sou, como sempre, etc.

Capítulo III

Passaram-se dias e dias, e nada de chegar o momento de voltar à casa paterna. O ex-romancista era na verdade fértil, e não se cansava de inventar pretextos que deixavam convencido o rapaz.

Entretanto, como o espírito dos amantes não é menos engenhoso que o dos romancistas, Simão e Helena acharam meio de se escreverem, e deste modo podiam consolar-se da ausência, com presença das letras e do papel. Bem diz Heloísa que a arte de escrever foi inventada por alguma amante separada do seu amante. Nestas cartas juravam-se os dois sua eterna fidelidade.

No fim de dois meses de espera baldada e de ativa correspondência, a tia de Helena surpreendeu uma carta de Simão. Era a vigésima, creio eu. Houve grande temporal em casa. O tio, que estava no escritório, saiu precipitadamente e tomou conhecimento do negócio. O resultado foi proscrever de casa tinta, penas e papel, e instituir vigilância rigorosa sobre a infeliz rapariga.

Começaram pois a escassear as cartas ao pobre deportado. Inquiriu a causa disto em cartas choradas e compridas; mas como o rigor fiscal da casa de seu pai adquiria proporções descomunais, acontecia que todas as cartas de Simão iam parar às mãos do velho, que, depois de apreciar o estilo amoroso de seu filho, fazia queimar as ardentes epístolas.

Passaram-se dias e meses. Carta de Helena, nenhuma. O correspondente ia esgotando a veia inventadora, e já não sabia como reter finalmente o rapaz.

Chega uma carta a Simão. Era letra do pai. Só diferençava das outras que recebia do velho em ser esta mais longa, muito mais longa. O rapaz abriu a carta, e leu trêmulo e pálido. Contava nesta carta o honrado comerciante que a Helena, a boa rapariga que ele destinava a ser sua filha casando-se com Simão, a boa Helena tinha morrido. O velho copiara algum dos últimos necrológicos que vira nos jornais, e ajuntara algumas consolações de casa. A última consolação foi dizer-lhe que embarcasse e fosse ter com ele.

O período final da carta dizia:

Assim como assim, não se realizam os meus negócios; não te pude casar com Helena, visto que Deus a levou. Mas volta, filho, vem; poderás consolar-te casando com outra, a filha do conselheiro ***. Está moça feita e é um bom partido. Não te desalentes; lembra-te de mim.

O pai de Simão não conhecia bem o amor do filho, nem era grande águia para avaliá-lo, ainda que o conhecesse. Dores tais não se consolam com uma carta nem com um casamento. Era melhor mandá-lo chamar, e depois preparar-lhe a notícia; mas dada assim friamente em uma carta, era expor o rapaz a uma morte certa.

Ficou Simão vivo em corpo e morto moralmente, tão morto que por sua própria idéia foi dali procurar uma sepultura. Era melhor dar aqui alguns dos papéis escritos por Simão relativamente ao que sofreu depois da carta; mas há muitas falhas, e eu não quero corrigir a exposição ingênua e sincera do frade.

A sepultura que Simão escolheu foi um convento. Respondeu ao pai que agradecia a filha do conselheiro, mas que daquele dia em diante pertencia ao serviço de Deus.

O pai ficou maravilhado. Nunca suspeitou que o filho pudesse vir a ter semelhante resolução. Escreveu às pressas para ver se o desviava da idéia; mas não pôde conseguir.

Quanto ao correspondente, para quem tudo se embrulhava cada vez mais, deixou o rapaz seguir para o claustro, disposto a não figurar em um negócio do qual nada realmente sabia.

Capítulo IV

Frei Simão de Santa Águeda foi obrigado a ir à província natal em missão religiosa, tempos depois dos fatos que acabo de narrar.

Preparou-se e embarcou.

A missão não era na capital, mas no interior. Entrando na capital, pareceu-lhe dever ir visitar seus pais. Estavam mudados física e moralmente. Era com certeza a dor e o remorso de terem precipitado seu filho à resolução que tomou. Tinham vendido a casa comercial e viviam de suas rendas.

Receberam o filho com alvoroço e verdadeiro amor. Depois das lágrimas e das consolações, vieram ao fim da viagem de Simão.

— A que vens tu, meu filho?
— Venho cumprir uma missão do sacerdócio que abracei. Venho pregar, para que o rebanho do Senhor não se arrede nunca do bom caminho.
— Aqui na capital?
— Não, no interior. Começo pela vila de ***.

Os dois velhos estremeceram; mas Simão nada viu. No dia seguinte partiu Simão, não sem algumas instâncias de seus pais para que ficasse. Notaram eles que seu filho nem de leve tocara em Helena. Também eles não quiseram magoá-lo falando em tal assunto.

Daí a dias, na vila de que falara frei Simão, era um alvoroço para ouvir as prédicas do missionário.

A velha igreja do lugar estava atopetada de povo.

À hora anunciada, frei Simão subiu ao púlpito e começou o discurso religioso. Metade do povo saiu aborrecido no meio do sermão. A razão era simples. Avezado à pintura viva dos caldeirões de Pedro Botelho e outros pedacinhos de ouro da maioria dos pregadores, o povo não podia ouvir com prazer a linguagem simples, branda, persuasiva, a que serviam de modelo as conferências do fundador da nossa religião.

O pregador estava a terminar, quando entrou apressadamente na igreja um par, marido e mulher; ele, honrado lavrador, meio remediado com o sítio que possuía e a boa vontade de trabalhar; ela, senhora estimada por suas virtudes, mas de uma melancolia invencível.

Depois de tomarem água-benta, colocaram-se ambos em lugar donde pudessem ver facilmente o pregador.

Ouviu-se então um grito, e todos correram para a recém-chegada, que acabava de desmaiar. Frei Simão teve de parar o seu discurso, enquanto se punha termo ao incidente. Mas, por uma aberta que a turba deixava, pôde ele ver o rosto da desmaiada.

Era Helena.

No manuscrito do frade há uma série de reticências dispostas em oito linhas. Ele próprio não sabe o que se passou. Mas o que se passou foi que, mal conhecera Helena, continuou o frade o discurso. Era então outra coisa: era um discurso sem nexo, sem assunto, um verdadeiro delírio. A consternação foi geral.

Capítulo V

O delírio de frei Simão durou alguns dias. Graças aos cuidados, pôde melhorar, e pareceu a todos que estava bom, menos ao médico, que queria continuar a cura. Mas o frade disse positivamente que se retirava ao convento, e não houve forças humanas que o detivessem.

O leitor compreende naturalmente que o casamento de Helena fora obrigado pelos tios.

A pobre senhora não resistiu à comoção. Dois meses depois morreu, deixando inconsolável o marido, que a amava com veras.

Frei Simão, recolhido ao convento, tornou-se mais solitário e taciturno. Restava-lhe ainda um pouco da alienação.

Já conhecemos o acontecimento de sua morte e a impressão que ela causara ao abade.

A cela de frei Simão de Santa Águeda esteve muito tempo religiosamente fechada. Só se abriu, algum tempo depois, para dar entrada a um velho secular, que por esmola alcançou do abade acabar os seus dias na convivência dos médicos da alma. Era o pai de Simão. A mãe tinha morrido.

Foi crença, nos últimos anos de vida deste velho, que ele não estava menos doido que frei Simão de Santa Águeda.

* * *

A MOSCA AZUL[1]

Era uma mosca azul, asas de ouro e granada,
 Filha da China ou do Indostão,
Que entre as folhas brotou de uma rosa encarnada,
 Em certa noite de verão.

E zumbia, e voava, e voava, e zumbia,
 Refulgindo ao clarão do sol
E da lua, — melhor do que refulgiria
 Um brilhante do Grão-Mogol.

Um poleá que a viu, espantado e tristonho,
 Um poleá lhe perguntou:
— "Mosca, esse refulgir, que mais parece um sonho,
 Dize, quem foi que te ensinou?"

Então ela, voando, e revoando, disse:
 — "Eu sou a vida, eu sou a flor
Das graças, o padrão da eterna meninice,
 E mais a glória, e mais o amor".

---
1. Publicado em *Revista Brasileira* (15-01-1880).

E ele deixou-se estar a contemplá-la, mudo,
    E tranqüilo, como um faquir,
Como alguém que ficou deslembrado de tudo,
    Sem comparar, nem refletir.

Entre as asas do inseto a voltear no espaço,
    Uma coisa lhe pareceu
Que surdia, com todo o resplendor de um paço,
    E viu um rosto, que era o seu.

Era ele, era um rei, o rei de Cachemira,
    Que tinha sobre o colo nu
Um imenso colar de opala, e uma safira
    Tirada ao corpo de Vixnu.

Cem mulheres em flor, cem nairas superfinas,
    Aos pés dele, no liso chão,
Espreguiçam sorrindo as suas graças finas,
    E todo o amor que têm lhe dão.

Mudos, graves, de pé, cem etíopes feios,
    Com grandes leques de avestruz,
Refrescam-lhes de manso os aromados seios,
    Voluptuosamente nus.

Vinha a glória depois; — quatorze reis vencidos,
    E enfim as páreas triunfais
De trezentas nações, e os parabéns unidos
    Das coroas ocidentais.

Mas o melhor de tudo é que no rosto aberto
    Das mulheres e dos varões,

* A MOSCA AZUL *

Como em água que deixa o fundo descoberto,
    Via limpos os corações.

Então ele, estendendo a mão calosa e tosca,
    Afeita a só carpintejar,
Com um gesto pegou na fulgurante mosca,
    Curioso de a examinar.

Quis vê-la, quis saber a causa do mistério.
    E, fechando-a na mão, sorriu
De contente, ao pensar que ali tinha um império,
    E para casa se partiu.

Alvoroçado chega, examina, e parece
    Que se houve nessa ocupação
Miudamente, como um homem que quisesse
    Dissecar a sua ilusão.

Dissecou-a, a tal ponto, e com tal arte, que ela,
    Rota, baça, nojenta, vil,
Sucumbiu; e com isto esvaiu-se-lhe aquela
    Visão fantástica e subtil.

Hoje quando ele aí cai, de áloe e cardamomo
    Na cabeça, com ar taful,
Dizem que ensandeceu, e que não sabe como
    Perdeu a sua mosca azul.

    * * *

O Alienista[1]

I. De como Itaguaí ganhou uma casa de Orates

As crônicas da vila de Itaguaí dizem que em tempos remotos vivera ali um certo médico, o Dr. Simão Bacamarte, filho da nobreza da terra e o maior dos médicos do Brasil, de Portugal e das Espanhas. Estudara em Coimbra e Pádua. Aos trinta e quatro anos regressou ao Brasil, não podendo el-rei alcançar dele que ficasse em Coimbra, regendo a universidade, ou em Lisboa, expedindo os negócios da monarquia.

— A ciência, disse ele a Sua Majestade, é o meu emprego único; Itaguaí é o meu universo.

Dito isto, meteu-se em Itaguaí, e entregou-se de corpo e alma ao estudo da ciência, alternando as curas com as leituras, e demonstrando os teoremas com cataplasmas. Aos quarenta anos casou com D. Evarista da Costa e Mascarenhas, senhora de vinte e cinco anos, viúva de um juiz de fora, e não bonita nem simpática. Um dos tios dele, caçador de pacas perante o Eterno, e não menos franco, admirou-se de semelhan-

---
[1]. Publicado em *A Estação* (15 e 31 de outubro, 15 e 30 de novembro, 15 e 31 de dezembro de 1881; 15 e 31 de janeiro, 15 e 28 de fevereiro e 15 de março de 1882). Reunido pelo autor em *Papéis Avulsos* (1882).

te escolha e disse-lho. Simão Bacamarte explicou-lhe que D. Evarista reunia condições fisiológicas e anatômicas de primeira ordem, digeria com facilidade, dormia regularmente, tinha bom pulso, e excelente vista; estava assim apta para dar-lhe filhos robustos, sãos e inteligentes. Se além dessas prendas, — únicas dignas de preocupação de um sábio, D. Evarista era mal composta de feições, longe de lastimá-lo, agradecia-o a Deus, porquanto não corria o risco de preterir os interesses da ciência na contemplação exclusiva, miúda e vulgar da consorte.

D. Evarista mentiu às esperanças de Dr. Bacamarte, não lhe deu filhos robustos nem mofinos. A índole natural da ciência é a longanimidade; o nosso médico esperou três anos, depois quatro, depois cinco. Ao cabo desse tempo fez um estudo profundo da matéria, releu todos os escritores árabes e outros, que trouxera para Itaguaí, enviou consultas às universidades italianas e alemãs, e acabou por aconselhar à mulher um regime alimentício especial. A ilustre dama, nutrida exclusivamente com a bela carne de porco de Itaguaí, não atendeu às admoestações do esposo; e à sua resistência, — explicável, mas inqualificável, — devemos a total extinção da dinastia dos Bacamartes.

Mas a ciência tem o inefável dom de curar todas as mágoas; o nosso médico mergulhou inteiramente no estudo e na prática da medicina. Foi então que um dos recantos desta lhe chamou especialmente a atenção, — o recanto psíquico, o exame da patologia cerebral. Não havia na colônia, e ainda no reino, uma só autoridade em semelhante matéria, mal explorada, ou quase inexplorada. Simão Bacamarte compreendeu que a ciência lusitana, e particularmente a brasileira, podia cobrir-se de "louros imarcescíveis", — expressão usada por ele mesmo, mas em um arroubo de intimidade doméstica; exteriormente era modesto, segundo convém aos sabedores.

— A saúde da alma, bradou ele, é a ocupação mais digna do médico.

— Do verdadeiro médico, emendou Crispim Soares, boticário da vila, e um dos seus amigos e comensais.

A vereança de Itaguaí, entre outros pecados de que é argüida pelos cronistas, tinha o de não fazer caso dos dementes. Assim é que cada louco furioso era trancado em uma alcova, na própria casa, e, não curado, mas descurado, até que a morte o vinha defraudar do benefício da vida; os mansos andavam à solta pela rua. Simão Bacamarte entendeu desde logo reformar tão ruim costume; pediu licença à câmara para agasalhar e tratar no edifício que ia construir todos os loucos de Itaguaí e das demais vilas e cidades, mediante um estipêndio, que a câmara lhe daria quando a família do enfermo o não pudesse fazer. A proposta excitou a curiosidade de toda a vila, e encontrou grande resistência, tão certo é que dificilmente se desarraigam hábitos absurdos, ou ainda maus. A idéia de meter os loucos na mesma casa, vivendo em comum, pareceu em si mesma um sintoma de demência, e não faltou quem o insinuasse à própria mulher do médico.

— Olhe, D. Evarista, disse-lhe o padre Lopes, vigário do lugar, veja se seu marido dá um passeio ao Rio de Janeiro. Isto de estudar sempre, sempre, não é bom, vira o juízo.

D. Evarista ficou aterrada, foi ter com o marido, disse-lhe "que estava com desejos", um principalmente, o de vir ao Rio de Janeiro e comer tudo o que a ele lhe parecesse adequado a certo fim. Mas aquele grande homem, com a rara sagacidade que o distinguia, penetrou a intenção da esposa e redargüiu-lhe sorrindo que não tivesse medo. Dali foi à câmara, onde os vereadores debatiam a proposta, e defendeu-a com tanta eloqüência, que a maioria resolveu autorizá-lo ao que pedira, votando ao mesmo tempo um imposto destinado a subsidiar o tratamento, alojamento e mantimento dos doidos pobres. A matéria do imposto não foi fácil achá-la; tudo estava tributado em Itaguaí. Depois de longos estudos, assentou-se em permitir o uso de dois penachos nos cavalos dos enterros. Quem quisesse emplumar os cavalos de um coche mortuário pagaria dois tostões à câmara, repetindo-se tantas vezes esta quantia quantas fossem as horas decorridas entre a do falecimento e a da última bênção na sepultura. O escrivão perdeu-se nos cálculos aritméticos do rendimento possível da nova taxa; e um dos vereadores, que não acreditava na empresa do médico, pediu que se relevasse o escrivão de um trabalho inútil.

— Os cálculos não são precisos, disse ele, porque o Dr. Bacamarte não arranja nada. Quem é que viu agora meter todos os doidos dentro da mesma casa?

Enganava-se o digno magistrado; o médico arranjou tudo. Uma vez empossado da licença começou logo a construir a casa. Era na Rua Nova, a mais bela rua de Itaguaí naquele tempo, tinha cinqüenta janelas por lado, um pátio no centro, e numerosos cubículos para os hóspedes. Como fosse grande arabista, achou no Corão que Maomé declara veneráveis os doidos, pela consideração de que Alá lhes tira o juízo para que não pequem. A idéia pareceu-lhe bonita e profunda, e ele a fez gravar no frontispício da casa; mas, como tinha medo ao vigário, e por tabela ao bispo, atribuiu o pensamento a Benedito VIII, merecendo com esta fraude, aliás pia, que o padre Lopes lhe contasse, ao almoço, a vida daquele pontífice eminente.

A Casa Verde foi o nome dado ao asilo, por alusão à cor das janelas, que pela primeira vez apareciam verdes em Itaguaí. Inaugurou-se com imensa pompa; de todas as vilas e povoações próximas, e até remotas, e da própria cidade do Rio de

Janeiro, correu gente para assistir às cerimônias, que duraram sete dias. Muitos dementes já estavam recolhidos; e os parentes tiveram ocasião de ver o carinho paternal e a caridade cristã com que eles iam ser tratados. D. Evarista, contentíssima com a glória do marido, vestira-se luxuosamente, cobriu-se de jóias, flores e sedas. Ela foi uma verdadeira rainha naqueles dias memoráveis; ninguém deixou de ir visitá-la duas e três vezes, apesar dos costumes caseiros e recatados do século, e não só a cortejavam como a louvavam; porquanto, — e este fato é um documento altamente honroso para a sociedade do tempo, — porquanto viam nela a feliz esposa de um alto espírito, de um varão ilustre, e, se lhe tinham inveja, era a santa e nobre inveja dos admiradores.

Ao cabo de sete dias expiraram as festas públicas; Itaguaí tinha finalmente uma casa de Orates.

II. Torrente de loucos

Três dias depois, numa expansão íntima com o boticário Crispim Soares, desvendou o alienista o mistério do seu coração.

— A caridade, Sr. Soares, entra decerto no meu procedimento, mas entra como tempero, como o sal das coisas, que é assim que interpreto o dito de S. Paulo aos Coríntios: "Se eu conhecer quanto se pode saber, e não tiver caridade, não sou nada." O principal nesta minha obra da Casa Verde é estudar profundamente a loucura, os seus diversos graus, classificar-lhe os casos, descobrir enfim a causa do fenômeno e o remédio universal. Este é o mistério do meu coração. Creio que com isto presto um bom serviço à humanidade.

— Um excelente serviço, corrigiu o boticário.

— Sem este asilo, continuou o alienista, pouco poderia fazer; ele dá-me, porém, muito maior campo aos meus estudos.

— Muito maior, acrescentou o outro.

E tinham razão. De todas as vilas e arraiais vizinhos afluíam loucos à Casa Verde. Eram furiosos, eram mansos, eram monomaníacos, era toda a família dos deserdados do espírito. Ao cabo de quatro meses, a Casa Verde era uma povoação. Não bastaram os primeiros cubículos; mandou-se anexar uma galeria de mais trinta e sete. O padre Lopes confessou que não imaginara a existência de tantos doidos no mundo, e menos ainda o inexplicável de alguns casos. Um, por exemplo, um rapaz bronco e vilão, que todos os dias, depois do almoço, fazia regularmente um discurso acadêmico, ornado de tropos, de antíteses, de apóstrofes, com seus recamos de grego e latim, e suas borlas de Cícero, Apuleio e Tertuliano. O vigário não queria acabar de crer. Quê! um rapaz que ele vira, três meses antes, jogando peteca na rua!

— Não digo que não, respondia-lhe o alienista; mas a verdade é o que Vossa Reverendíssima está vendo. Isto é todos os dias.

— Quanto a mim, tornou o vigário, só se pode explicar pela confusão das línguas na torre de Babel, segundo nos conta a Escritura; provavelmente, confundidas antigamente as línguas, é fácil trocá-las agora, desde que a razão não trabalhe...

— Essa pode ser, com efeito, a explicação divina do fenômeno, concordou o alienista, depois de refletir um instante, mas não é impossível que haja também alguma razão humana, e puramente científica, e disso trato...

— Vá que seja, e fico ansioso. Realmente!

Os loucos por amor eram três ou quatro, mas só dois espantavam pelo curioso do delírio. O primeiro, um Falcão, rapaz de vinte cinco anos, supunha-se estrela-d'alva, abria os braços e alargava as pernas, para dar-lhes certa feição de raios, e ficava assim horas esquecidas a perguntar se o sol já tinha saído para ele recolher-se. O outro andava sempre, sempre, sempre, à roda das salas ou do pátio, ao longo dos corredores à procura do fim do mundo. Era um desgraçado, a quem a mulher deixou por seguir um peralvilho. Mal descobrira a fuga, armou-se de uma garrucha, e saiu-lhes no encalço; achou-os duas horas depois, ao pé de uma lagoa, matou-os a ambos com os maiores requintes de crueldade. O ciúme satisfez-se, mas o vingado estava louco. E então começou aquela ânsia de ir ao fim do mundo à cata dos fugitivos.

A mania das grandezas tinha exemplares notáveis. O mais notável era um pobre-diabo, filho de um algibebe, que narrava às paredes (porque não olhava nunca para nenhuma pessoa) toda a sua genealogia, que era esta:

— Deus engendrou um ovo, o ovo engendrou a espada, a espada engendrou Davi, Davi engendrou a púrpura, a púrpura engendrou o duque, o duque engendrou o marquês, o marquês engendrou o conde, que sou eu.

Dava uma pancada na testa, um estalo com os dedos, e repetia cinco, seis vezes seguidas:

— Deus engendrou um ovo, o ovo, etc.

Outro da mesma espécie era um escrivão, que se vendia por mordomo do rei; outro era um boiadeiro de Minas, cuja mania era distribuir boiadas a toda a gente, dava trezentas cabeças a um, seiscentas a outro, mil e duzentas a outro, e não acabava mais. Não falo dos casos de monomania religiosa; apenas citarei um sujeito que, chamando-se João de Deus, dizia agora ser o deus João, e prometia o reino dos céus a quem o adorasse e as penas do inferno aos outros; e depois desse, o licenciado Garcia, que não dizia nada, porque imaginava que no dia em que chegasse a proferir uma só palavra, todas as estrelas se despegariam do céu e abrasariam a terra; tal era o poder que recebera de Deus. Assim o escrevia ele no papel que o alienista lhe mandava dar, menos por caridade do que por interesse científico.

Que, na verdade, a paciência do alienista era ainda mais extraordinária do que todas as manias hospedadas na Casa Verde; nada menos que assombrosa. Simão Bacamarte começou por organizar um pessoal de administração; e, aceitando essa idéia ao boticário Crispim Soares, aceitou-lhe também dois sobrinhos, a quem incumbiu da execução de um regimento que lhes deu, aprovado pela câmara, da distribuição da comida e da roupa, e assim também da escrita, etc. Era o melhor que podia fazer, para somente cuidar do seu ofício. — A Casa Verde, disse ele ao vigário, é agora uma espécie de mundo, em que há o governo temporal e o governo *espiritual*. E o padre Lopes ria deste pio trocado, — e acrescentava, — com o único fim de dizer também uma chalaça: — Deixe estar, deixe estar, que hei de mandá-lo denunciar ao papa.

Uma vez desonerado da administração, o alienista procedeu a uma vasta classificação dos seus enfermos. Dividiu-os primeiramente em duas classes principais: os furiosos e os mansos; daí passou às subclasses, monomanias, delírios, alucinações diversas. Isto feito, começou um estudo aturado e contínuo; analisava os hábitos de cada louco, as horas de acesso, as aversões, as simpatias, as palavras, os gestos, as tendências; inquiria da vida dos enfermos, profissão, costumes, circunstâncias da revelação mórbida, acidentes da infância e da mocidade, doenças de outra espécie, antecedentes na família, uma devassa, enfim, como a não faria o mais atilado corregedor. E cada dia notava uma observação nova, uma descoberta interessante, um fenômeno extraordinário. Ao mesmo tempo estudava o melhor regime, as substâncias medicamentosas, os meios curativos e os meios paliativos, não só os que vinham nos seus amados árabes, como os que ele mesmo descobria, à força da sagacidade e paciência. Ora, todo esse trabalho levara-lhe o melhor e o mais do tempo. Mal dormia e mal comia; e, ainda comendo, era como se trabalhasse, porque ora interrogava um texto antigo, ora ruminava uma questão, e ia muitas vezes de um cabo a outro do jantar sem dizer uma só palavra a D. Evarista.

III. Deus sabe o que faz!

A ilustre dama, no fim de dois meses, achou-se a mais desgraçada das mulheres; caiu em profunda melancolia, ficou amarela, magra, comia pouco e suspirava a cada canto. Não ousava fazer-lhe nenhuma queixa ou reproche, porque respeitava nele o seu marido e senhor, mas padecia calada, e definhava a olhos vistos. Um dia, ao jantar, como lhe perguntasse o marido o que é que tinha, respondeu tristemente que nada; depois atreveu-se um pouco, e foi ao ponto de dizer que se considerava tão viúva como dantes. E acrescentou:

— Quem diria nunca que meia dúzia de lunáticos...

Não acabou a frase; ou antes, acabou-a levantando os olhos ao teto, — os olhos, que eram a sua feição mais insinuante, — negros, grandes, lavados de uma luz úmida, como os da aurora. Quanto ao gesto, era o mesmo que empregara no dia em que Simão Bacamarte a pediu em casamento. Não dizem as crônicas se D. Evarista brandiu aquela arma com o perverso intuito de degolar de uma vez a ciência, ou, pelo menos, decepar-lhe as mãos; mas a conjectura é verossímil. Em todo caso, o alienista não lhe atribuiu outra intenção. E não se irritou o grande homem, não ficou sequer consternado. O metal de seus olhos não deixou de ser o mesmo metal, duro, liso, eterno, nem a menor prega veio quebrar a superfície da fronte quieta como a água de

Botafogo. Talvez um sorriso lhe descerrou os lábios, por entre os quais filtrou esta palavra macia como o óleo do *Cântico*:

— Consinto que vás dar um passeio ao Rio de Janeiro.

D. Evarista sentiu faltar-lhe o chão debaixo dos pés. Nunca dos nuncas vira o Rio de Janeiro, que posto não fosse sequer uma pálida sombra do que hoje é, todavia era alguma coisa mais do que Itaguaí. Ver o Rio de Janeiro, para ela, equivalia ao sonho do hebreu cativo. Agora, principalmente, que o marido assentara de vez naquela povoação interior, agora é que ela perdera as últimas esperanças de respirar os ares da nossa boa cidade; e justamente agora é que ele a convidava a realizar os seus desejos de menina e moça. D. Evarista não pôde dissimular o gosto de semelhante proposta. Simão Bacamarte pegou-lhe na mão e sorriu, — um sorriso tanto ou quanto filosófico, além de conjugal, em que parecia traduzir-se este pensamento: — "Não há remédio certo para as dores da alma; esta senhora definha, porque lhe parece que a não amo; dou-lhe o Rio de Janeiro, e consola-se." E porque era homem estudioso tomou nota da observação.

Mas um dardo atravessou o coração de D. Evarista. Conteve-se, entretanto; limitou-se a dizer ao marido, que, se ele não ia, ela não iria também, porque não havia de meter-se sozinha pelas estradas.

— Irá com sua tia, redargüiu o alienista.

Note-se que D. Evarista tinha pensado nisso mesmo; mas não quisera pedi-lo nem insinuá-lo, em primeiro lugar porque seria impor grandes despesas ao marido, em segundo lugar porque era melhor, mais metódico e racional que a proposta viesse dele.

— Oh! mas o dinheiro que será preciso gastar! suspirou D. Evarista sem convicção.

— Que importa? Temos ganho muito, disse o marido. Ainda ontem o escriturário prestou-me contas. Queres ver?

E levou-a aos livros. D. Evarista ficou deslumbrada. Era uma via-láctea de algarismos. E depois levou-a às arcas, onde estava o dinheiro. Deus! eram montes de ouro, eram mil cruzados sobre mil cruzados, dobrões sobre dobrões; era a opulência. Enquanto ela comia o ouro com os seus olhos negros, o alienista fitava-a, e dizia-lhe ao ouvido com a mais pérfida das alusões:

— Quem diria que meia dúzia de lunáticos...

D. Evarista compreendeu, sorriu e respondeu com muita resignação:

— Deus sabe o que faz!

Três meses depois efetuava-se a jornada. D. Evarista, a tia, a mulher do boticário, um sobrinho deste, um padre que o alienista conhecera em Lisboa, e que de aventura achava-se em Itaguaí, cinco ou seis pajens, quatro mucamas, tal foi a comitiva que a população viu dali sair em certa manhã do mês de maio. As despedidas foram tristes para todos, menos para o alienista. Conquanto as lágrimas de D. Evarista fossem abundantes e sinceras, não chegaram a abalá-lo. Homem de ciência, e só de ciência, nada o consternava fora da ciência; e se alguma coisa o preocupava naquela ocasião, se ele deixava correr pela multidão um olhar inquieto e policial, não era outra coisa mais do que a idéia de que algum demente podia achar-se ali misturado com a gente de juízo.

— Adeus! soluçaram enfim as damas e o boticário.

E partiu a comitiva. Crispim Soares, ao tornar a casa, trazia os olhos entre as duas orelhas da besta ruana em que vinha montado; Simão Bacamarte alongava os seus pelo horizonte adiante, deixando ao cavalo a responsabilidade do regresso.

Imagem vivaz do gênio e do vulgo! Um fita o presente, com todas as suas lágrimas e saudades, outro devassa o futuro com todas as suas auroras.

IV. Uma teoria nova

Ao passo que D. Evarista, em lágrimas, vinha buscando o Rio de Janeiro, Simão Bacamarte estudava por todos os lados uma certa idéia arrojada e nova, própria a alargar as bases da psicologia. Todo o tempo que lhe sobrava dos cuidados da Casa Verde, era pouco para andar na rua, ou de casa em casa, conversando as gentes, sobre trinta mil assuntos, e virgulando as falas de um olhar que metia medo aos mais heróicos.

Um dia de manhã, — eram passadas três semanas, — estando Crispim Soares ocupado em temperar um medicamento, vieram dizer-lhe que o alienista o mandava chamar.

— Trata-se de negócio importante, segundo ele me disse, acrescentou o portador.

Crispim empalideceu. Que negócio importante podia ser, se não alguma triste notícia da comitiva, e especialmente da mulher? Porque este tópico deve ficar claramente definido, visto insistirem nele os cronistas: Crispim amava a mulher, e, desde trinta anos, nunca estiveram separados um só dia. Assim se explicam os monólogos que ele fazia agora, e que os fâmulos lhe ouviam muita vez: — "Anda, bem feito, quem te mandou consentir na viagem de Cesária? Bajulador, torpe bajulador! Só para adular ao Dr. Bacamarte. Pois agora agüenta-te; anda, agüenta-te, alma de lacaio, fracalhão, vil, miserável. Dizes *amen* a tudo, não é? aí tens o lucro, biltre!". — E muitos outros nomes feios, que um homem não deve dizer aos outros, quanto mais a si mesmo. Daqui a imaginar o efeito do recado é um nada. Tão depressa ele o recebeu como abriu mão das drogas e voou à Casa Verde.

Simão Bacamarte recebeu-o com a alegria própria de um sábio, uma alegria abotoada de circunspeção até o pescoço.

— Estou muito contente, disse ele.

— Notícias do nosso povo? perguntou o boticário com a voz trêmula.

O alienista fez um gesto magnífico, e respondeu:

— Trata-se de coisa mais alta, trata-se de uma experiência científica. Digo experiência, porque não me atrevo a assegurar desde já a minha idéia; nem a ciência é outra coisa, Sr. Soares, senão uma investigação constante. Trata-se, pois, de uma experiência, mas uma experiência que vai mudar a face da terra. A loucura, objeto dos meus estudos, era até agora uma ilha perdida no oceano da razão; começo a suspeitar que é um continente.

Disse isto, e calou-se, para ruminar o pasmo do boticário. Depois explicou compridamente a sua idéia. No conceito dele a insânia abrangia uma vasta superfície de cérebros; e desenvolveu isto com grande cópia de raciocínios, de textos, de exemplos. Os exemplos achou-os na história e em Itaguaí; mas, como um raro espírito que era, reconheceu o perigo de citar todos os casos de Itaguaí, e refugiou-se na história. Assim, apontou com especialidade alguns personagens célebres, Sócrates, que tinha um demônio familiar, Pascal, que via um abismo à esquerda, Maomé, Caracala, Domiciano, Calígula, etc., uma enfiada de casos e pessoas, em que de mistura vinham entidades odiosas, e entidades ridículas. E porque o boticário se admirasse de uma tal promiscuidade, o alienista disse-lhe que era tudo a mesma coisa, e até acrescentou sentenciosamente:

— A ferocidade, Sr. Soares, é o grotesco a sério.

— Gracioso, muito gracioso! exclamou Crispim Soares levantando as mãos ao céu.

Quanto à idéia de ampliar o território da loucura, achou-a o boticário extravagante; mas a modéstia, principal adorno de seu espírito, não lhe sofreu confessar outra coisa além de um nobre entusiasmo; declarou-a sublime e verdadeira, e acrescentou que era "caso de matraca". Esta expressão não tem equivalente no estilo moderno. Naquele tempo, Itaguaí, que como as demais vilas, arraiais e povoações da colônia, não dispunha de imprensa, tinha dois modos de divulgar uma notícia: ou por meio de cartazes manuscritos e pregados na porta da câmara e da matriz; — ou por meio de matraca. Eis em que consistia este segundo uso. Contratava-se um homem, por um ou mais dias, para andar as ruas do povoado, com uma matraca na mão. De quando em quando tocava a matraca, reunia-se gente, e ele anunciava o que lhe incumbiam, — um remédio para sezões, umas terras lavradias, um soneto, um donativo eclesiástico, a melhor tesoura da vila, o mais belo discurso do ano, etc. O sistema tinha inconvenientes para a paz pública; mas era conservado pela grande energia de divulgação que possuía. Por exemplo, um dos vereadores, — aquele justamente que mais se opusera à criação da Casa Verde, — desfrutava a reputação de perfeito educador de cobras e macacos, e aliás nunca domesticara um só desses bichos; mas, tinha o cuidado de fazer trabalhar a matraca todos os meses. E dizem as crônicas que algumas pessoas afirmavam ter visto cascavéis dançando no peito do vereador; afirmação perfeitamente falsa, mas só devida à absoluta confiança no sistema. Verdade, verdade; nem todas as instituições do antigo regime, mereciam o desprezo do nosso século.

— Há melhor do que anunciar a minha idéia, é praticá-la, respondeu o alienista à insinuação do boticário.

E o boticário, não divergindo sensivelmente deste modo de ver, disse-lhe que sim, que era melhor começar pela execução.

— Sempre haverá tempo de a dar à matraca, concluiu ele.
Simão Bacamarte refletiu ainda um instante, e disse:
— Supondo o espírito humano uma vasta concha, o meu fim, Sr. Soares, é ver se posso extrair a pérola, que é a razão; por outros termos, demarquemos definitivamente os limites da razão e da loucura. A razão é o perfeito equilíbrio de todas as faculdades; fora daí insânia, insânia, e só insânia.

O vigário Lopes, a quem ele confiou a nova teoria, declarou lisamente que não chegava a entendê-la, que era uma obra absurda, e, se não era absurda, era de tal modo colossal que não merecia princípio de execução.

— Com a definição atual, que é a de todos os tempos, acrescentou, a loucura e a razão estão perfeitamente delimitadas. Sabe-se onde uma acaba e onde a outra começa. Para que transpor a cerca?

Sobre o lábio fino e discreto do alienista roçou a vaga sombra de uma intenção de riso, em que o desdém vinha casado à comiseração; mas nenhuma palavra saiu de suas egrégias entranhas. A ciência contentou-se em estender a mão à teologia, — com tal segurança, que a teologia não soube enfim se devia crer em si ou na outra. Itaguaí e o universo ficavam à beira de uma revolução.

V. O TERROR

Quatro dias depois, a população de Itaguaí ouviu consternada a notícia de que um certo Costa fora recolhido à Casa Verde.
— Impossível!
— Qual impossível! foi recolhido hoje de manhã.
— Mas, na verdade, ele não merecia... Ainda em cima! depois de tanto que ele fez...

Costa era um dos cidadãos mais estimados de Itaguaí. Herdara quatrocentos mil cruzados em boa moeda de el-rei Dom João V, dinheiro cuja renda bastava, segundo lhe declarou o tio no testamento, para viver "até o fim do mundo". Tão depressa recolheu a herança, como entrou a dividi-la em empréstimos, sem usura, mil cruzados a um, dois mil a outro, trezentos a este, oitocentos àquele, a tal ponto que, no fim de cinco anos, estava sem nada. Se a miséria viesse de chofre, o pasmo de Itaguaí seria enorme; mas veio devagar; ele foi passando da opulência à abastança, da abastança à mediania, da mediania à pobreza, da pobreza à miséria, gradualmente. Ao cabo daqueles cinco anos, pessoas que levavam o chapéu ao chão, logo que ele assomava no fim da rua, agora batiam-lhe no ombro, com intimidade, davam-lhe piparotes no nariz, diziam-lhe pulhas. E o Costa sempre lhano, risonho. Nem se lhe dava de ver que os menos corteses eram justamente os que tinham ainda a dívida em aberto; ao contrário, parece que os agasalhava com maior prazer; e mais sublime resignação. Um dia, como um desses incuráveis devedores lhe atirasse uma chalaça grossa, e ele se risse dela, observou um desafeiçoado, com certa perfídia: — "Você suporta esse sujeito para ver se ele lhe paga." Costa não se deteve um minuto, foi ao devedor e perdoou-lhe a dívida. — "Não admira, retorquiu o outro; o Costa abriu mão de uma estrela, que está no céu." Costa era perspicaz, entendeu que ele negava todo o merecimento ao ato, atribuindo-lhe a intenção de rejeitar o que não vinham meter-lhe na algibeira. Era também pundonoroso e inventivo; duas horas depois achou um meio de provar que lhe não cabia um tal labéu: pegou de algumas dobras, e mandou-as de empréstimo ao devedor.

— Agora espero que... — pensou ele sem concluir a frase.

Esse último rasgo do Costa persuadiu a crédulos e incrédulos; ninguém mais pôs em dúvida os sentimentos cavalheirescos daquele digno cidadão. As necessidades mais acanhadas saíram à rua, vieram bater-lhe à porta, com os seus chinelos velhos, com as suas capas remendadas. Um verme, entretanto, roía a alma do Costa: era o conceito do desafeto. Mas isso mesmo acabou; três meses depois veio este pedir-lhe uns cento e vinte cruzados com promessa de restituir-lhos daí a dois dias; era o resíduo da grande herança, mas era também uma nobre desforra: Costa emprestou o dinheiro logo, logo, e sem juros. Infelizmente não teve tempo de ser pago; cinco meses depois era recolhido à Casa Verde.

Imagina-se a consternação de Itaguaí, quando soube do caso. Não se falou em outra coisa, dizia-se que o Costa ensandecera, ao almoço, outros que de madrugada; e contavam-se os acessos, que eram furiosos, sombrios, terríveis, — ou mansos, e até engraçados, conforme as versões. Muita gente correu à Casa Verde, e achou o pobre Costa, tranqüilo, um pouco espantado, falando com muita clareza, e perguntando por que motivo o tinham levado para ali. Alguns foram ter com o alienista. Bacamarte aprovava esses sentimentos de estima e compaixão, mas acrescentava que a ciência era a ciência, e que ele não podia deixar na rua um mentecapto. A última pessoa que intercedeu por ele (porque depois do que vou contar ninguém mais se atreveu a procurar o terrível médico) foi uma pobre senhora, prima do Costa. O alienista disse-lhe confidencialmente que este digno homem não estava no perfeito equilíbrio das faculdades mentais, à vista do modo como dissipara os cabedais que...

— Isso, não! isso não! interrompeu a boa senhora com energia. Se ele gastou tão depressa o que recebeu, a culpa não é dele.

— Não?

— Não, senhor. Eu lhe digo como o negócio se passou. O defunto meu tio não era mau homem; mas quando estava furioso era capaz de nem tirar o chapéu ao Santíssimo. Ora, um dia, pouco tempo antes de morrer, descobriu que um escravo lhe roubara um boi; imagine como ficou. A cara era um pimentão; todo ele tremia, a boca escumava; lembra-me como se fosse hoje. Então um homem feio, cabeludo, em mangas de camisa, chegou-se a ele e pediu água. Meu tio (Deus lhe fale n'alma!) respondeu que fosse beber ao rio ou ao inferno. O homem olhou para ele, abriu a mão em ar de ameaça, e rogou-lhe esta praga: — "Todo o seu dinheiro não há de durar mais de sete anos e um dia, tão certo como isto ser o *sino salamão*!" E mostrou o *sino salamão* impresso no braço. Foi isto, meu senhor; foi esta praga daquele maldito.

Bacamarte espetara na pobre senhora um par de olhos agudos como punhais. Quando ela acabou, estendeu-lhe a mão polidamente, como se o fizesse à própria esposa do vice-rei e convidou-a a ir falar ao primo. A mísera acreditou; ele levou-a à Casa Verde e encerrou-a na galeria dos alucinados.

A notícia desta aleivosia do ilustre Bacamarte lançou o terror à alma da população. Ninguém queira acabar de crer que, sem motivo, sem inimizade, o alienista trancasse na Casa Verde uma senhora perfeitamente ajuizada, que não tinha outro crime senão o de interceder por um infeliz. Comentava-se o caso nas esquinas, nos barbeiros; edificou-se um romance, umas finezas namoradas que o alienista outrora dirigira à prima do Costa, a indignação do Costa e o desprezo da prima. E daí a vingança. Era claro. Mas a austeridade do alienista, a vida de estudos que ele levava, pareciam desmentir uma tal hipótese. Histórias! Tudo isso era naturalmente a capa do velhaco. E um dos mais crédulos chegou a murmurar que sabia de outras coisas, não as dizia, por não ter certeza plena, mas sabia, quase que podia jurar.

— Você, que é íntimo dele, não nos podia dizer o que há, o que houve, que motivo...

Crispim Soares derretia-se todo. Esse interrogar da gente inquieta e curiosa, dos amigos atônitos, era para ele uma consagração pública. Não havia duvidar; toda a povoação sabia enfim que o privado do alienista era ele, Crispim, o boticário, o colaborador do grande homem e das grandes coisas; daí a corrida à botica. Tudo isso dizia o carão jucundo e o riso discreto do boticário, o riso e o silêncio, porque ele não respondia nada; um, dois, três monossílabos, quando muito, soltos, secos, encapados no fiel sorriso, constante e miúdo, cheio de mistérios científicos, que ele não podia, sem desdouro nem perigo, desvendar a nenhuma pessoa humana.

— Há coisa, pensavam os mais desconfiados.

Um desses limitou-se a pensá-lo, deu de ombros e foi embora. Tinha negócios pessoais. Acabava de construir uma casa suntuosa. Só a casa bastava para deter e chamar toda a gente; mas havia mais, — a mobília, que ele mandara vir da Hungria e da Holanda, segundo contava, e que se podia ver do lado de fora, porque as janelas viviam abertas, — e o jardim, que era uma obra-prima de arte e de gosto. Esse homem, que enriquecera do fabrico de albardas, tinha tido sempre o sonho de uma casa magnífica, jardim pomposo, mobília rara. Não deixou o negócio das albardas, mas repousava dele na contemplação da casa nova, a primeira de Itaguaí, mais grandiosa do que a Casa Verde, mais nobre do que a da câmara. Entre a gente ilustre da povoação havia choro e ranger de dentes, quando se pensava ou se falava ou se louvava a casa do albardeiro, — um simples albardeiro, Deus do céu!

— Lá está ele embasbacado, diziam os transeuntes, de manhã.

De manhã, com efeito, era costume do Mateus estatelar-se, no meio do jardim, com os olhos na casa, namorado, durante um longa hora, até que vinham chamá-lo para almoçar. Os vizinhos, embora o cumprimentassem com certo respeito, riam-se por trás dele, que era um gosto. Um desses chegou a dizer que o Mateus seria muito mais econômico, e estaria riquíssimo, se fabricasse as albardas para si mesmo; epigrama ininteligível, mas que fazia rir às bandeiras despregadas.

— Agora lá está o Mateus a ser contemplado, diziam à tarde.

A razão deste outro dito era que, de tarde, quando as famílias saíam a passeio (jantavam cedo) usava o Mateus postar-se à janela, bem no centro, vistoso, sobre um fundo escuro, trajado de branco, atitude senhoril, e assim ficava duas e três horas até que anoitecia de todo. Pode crer-se que a intenção do Mateus era ser admirado e invejado, posto que ele não a confessasse a nenhuma pessoa, nem ao boticário, nem ao padre Lopes, seus grandes amigos. E entretanto não foi outra a alegação do boticário, quando o alienista lhe disse que o albardeiro talvez padecesse do amor das pedras, mania que ele Bacamarte descobrira e estudava desde algum tempo. Aquilo de contemplar a casa...

— Não, senhor, acudiu vivamente Crispim Soares.

— Não?

— Há de perdoar-me; mas talvez não saiba que ele de manhã examina a obra, não a admira; de tarde, são os outros que o admiram a ele e à obra. — E contou o uso do albardeiro, todas as tardes, desde cedo até o cair da noite.

Uma volúpia científica alumiou os olhos de Simão Bacamarte. Ou ele não conhecia todos os costumes do albardeiro, ou nada mais quis, interrogando o Crispim, do que confirmar alguma notícia incerta ou suspeita vaga. A explicação satisfê-lo; mas como tinha as alegrias próprias de um sábio, concentradas, nada viu o boticário que fizesse suspeitar uma intenção sinistra. Ao contrário, era de tarde, e o alienista pediu-lhe o braço para irem a passeio. Deus! era a primeira vez que Simão Bacamarte dava ao seu privado tamanha honra; Crispim ficou trêmulo, atarantado, disse que sim, que estava pronto. Chegaram duas ou três pessoas de fora, Crispim mandou-as mentalmente a todos os diabos; não só atrasavam o passeio, como podia acontecer que Bacamarte elegesse alguma delas, para acompanhá-lo, e o dispensasse a ele. Que impaciência! que aflição! Enfim, saíram. O alienista guiou para os lados da casa do albardeiro, viu-o à janela, passou cinco, seis vezes por diante, devagar, parando, examinando as atitudes, a expressão do rosto. O pobre Mateus, apenas notou que era objeto da curiosidade ou admiração do primeiro vulto de Itaguaí, redobrou de expressão, deu outro relevo às atitudes... Triste! triste, não fez mais do que condenar-se; no dia seguinte, foi recolhido à Casa Verde.

— A Casa Verde é um cárcere privado, disse um médico sem clínica.

Nunca uma opinião pegou e grassou tão rapidamente. Cárcere privado: eis o que se repetia de norte a sul e de leste a oeste de Itaguaí, — a medo, é verdade, porque durante a semana que se seguiu à captura do pobre Mateus, vinte e tantas pessoas, — duas ou três de consideração, — foram recolhidas à Casa Verde. O alienista dizia que só eram admitidos casos patológicos, mas pouca gente lhe dava crédito. Sucediam-se as versões populares. Vingança, cobiça de dinheiro, castigo de Deus, monomania do próprio médico, plano secreto do Rio de Janeiro com o fim de destruir em Itaguaí qualquer gérmen de prosperidade que viesse a brotar, arvorecer, florir, com desdouro e míngua daquela cidade, mil outras explicações, que não explicavam nada, tal era o produto diário da imaginação pública.

Nisto chegou do Rio de Janeiro a esposa do alienista, a tia, a mulher do Crispim Soares, e toda a mais comitiva, — ou quase toda, — que algumas semanas antes partira de Itaguaí. O alienista foi recebê-la, com o boticário, o padre Lopes, os vereadores, e vários outros magistrados. O momento em que D. Evarista pôs os olhos na pessoa do marido é considerado pelos cronistas do tempo como um dos mais sublimes da história moral dos homens, e isto pelo contraste das duas naturezas, ambas extremas, ambas egrégias. D. Evarista soltou um grito, balbuciou uma palavra e atirou-se ao consorte, de um gesto que não se pode melhor definir do que comparando-o a uma mistura de onça e rola. Não assim o ilustre Bacamarte; frio como um diagnóstico, sem desengonçar por um instante a rigidez científica, estendeu os braços à dona, que caiu neles, e desmaiou. Curto incidente; ao cabo de dois minutos, D. Evarista recebia os cumprimentos dos amigos, e o préstito punha-se em marcha.

D. Evarista era a esperança de Itaguaí; contava-se com ela para minorar o flagelo da Casa Verde. Daí as aclamações públicas, a imensa gente que atulhava as ruas, as flâmulas, as flores e damascos às janelas. Com o braço apoiado no do padre Lopes, — porque o eminente Bacamarte confiara a mulher ao vigário, e acompanhava-os a passo meditativo, — D. Evarista voltava a cabeça a um lado e outro, curiosa, inquieta, petulante. O vigário indagava do Rio de Janeiro, que ele não vira desde o vice-reinado anterior; e D. Evarista respondia, entusiasmada que era a coisa mais bela que podia haver no mundo. O Passeio Público estava acabado, um paraíso, onde ela fora muitas vezes, e a Rua das Belas Noites, o chafariz das Marrecas... Ah! o chafariz das Marrecas! Eram mesmo marrecas, — feitas de metal e despejando água pela boca fora. Uma coisa galantíssima. O vigário dizia que sim, que o Rio de Janeiro devia estar agora muito mais bonito. Se já o era noutro tempo! Não admira, maior do que Itaguaí e de mais a mais sede do governo... Mas não se pode dizer que Itaguaí fosse feio; tinha belas casas, a casa do Mateus, a Casa Verde...

— A propósito de Casa Verde, disse o padre Lopes escorregando habilmente para o assunto da ocasião, a senhora vem achá-la muito cheia de gente.

— Sim?

— É verdade. Lá está o Mateus...

— O albardeiro?

— O albardeiro; está o Costa, a prima do Costa, e Fulano, e Sicrano, e...

— Tudo isso doido?

— Ou quase doido, obtemperou o padre.

— Mas então?

O vigário derreou os cantos da boca, à maneira de quem não sabe nada, ou não quer dizer tudo; resposta vaga, que se não pode repetir a outra pessoa, por falta de texto. D. Evarista achou realmente extraordinário que toda aquela gente ensandecesse; um ou outro, vá; mas todos? Entretanto, custava-lhe duvidar; o marido era um sábio, não recolheria ninguém à Casa Verde sem prova evidente de loucura.

— Sem dúvida... sem dúvida... ia pontuando o vigário.

Três horas depois, cerca de cinqüenta convivas sentavam-se em volta da mesa de Simão Bacamarte; era o jantar das boas-vindas. D. Evarista foi o assunto obrigado dos brindes, discursos, versos de toda a casta, metáforas, amplificações, apólogos. Ela era a esposa do novo Hipócrates, a musa da ciência, anjo, divina, aurora, caridade, vida, consolação; trazia nos olhos duas estrelas, segundo a versão modesta de Crispim Soares, e dois sóis, no conceito de um vereador. O alienista ouvia essas coisas um tanto enfastiado, mas sem visível impaciência. Quando muito, dizia ao ouvido da mulher, que a retórica permitia tais arrojos sem significação. D. Evarista fazia esforços para aderir a esta opinião do marido; mas, ainda descontando três quartas partes das louvaminhas, ficava muito com que enfunar-lhe a alma. Um dos oradores, por exemplo, Martim Brito, rapaz de vinte e cinco anos, pintalegrete acabado, curtido de namoros e aventuras, declamou um discurso em que o nascimento de D. Evarista era explicado pelo mais singular dos reptos. "Deus, disse ele, depois de dar ao universo o homem e a mulher, esse diamante e essa pérola da coroa divina (e o orador arrastava triunfalmente esta frase de uma ponta a outra da mesa), Deus quis vencer a Deus, e criou D. Evarista."

D. Evarista baixou os olhos com exemplar modéstia. Duas senhoras, achando a cortesanice excessiva e audaciosa, interrogaram os olhos do dono da casa; e, na verdade, o gesto do alienista pareceu-lhes nublado de suspeitas, de ameaças, e, provavelmente, de sangue. O atrevimento foi grande, pensaram as duas damas. E uma e outra pediam a Deus que removesse qualquer episódio trágico, — ou que o adiasse, ao menos, para o dia seguinte. Sim, que o adiasse. Uma delas, a mais piedosa, chegou a admitir, consigo mesma, que D. Evarista não merecia nenhuma desconfiança, tão longe estava de ser atraente ou bonita. Uma simples água-morna. Verdade é que, se todos os gostos fossem iguais, o que seria do amarelo? E esta idéia fê-la tremer outra vez, embora menos; menos, porque o alienista sorria agora para o Martim Brito, e, levantados todos, foi ter com ele e falou-lhe do discurso. Não lhe negou que era um improviso brilhante, cheio de rasgos magníficos. Seria dele mesmo a idéia relativa ao nascimento de D. Evarista, ou tê-la-ia encontrado em algum autor que...? Não, senhor; era dele mesmo; achou-a naquela ocasião e parecera-lhe adequada a um arroubo oratório. De resto, suas idéias eram antes arrojadas do que ternas ou jocosas. Dava para o épico. Uma vez, por exemplo, compôs uma ode à queda do marquês de Pombal, em que dizia que esse ministro era o "dragão aspérrimo do Nada", esmagado pelas "garras vingadoras do Todo"; e assim outras, mais ou menos fora do comum; gostava das idéias sublimes e raras, das imagens grandes e nobres...

— Pobre moço! pensou o alienista. E continuou consigo: — Trata-se de um caso de lesão cerebral; fenômeno sem gravidade, mas digno de estudo...

D. Evarista ficou estupefata quando soube, três dias depois, que o Martim Brito fora alojado na Casa Verde. Um moço que tinha idéias tão bonitas! As duas senhoras atribuíram o ato a ciúmes do alienista. Não podia ser outra coisa; realmente a declaração do moço fora audaciosa demais.

Ciúmes? Mas como explicar que, logo em seguida, fossem recolhidos José Borges do Couto Leme, pessoa estimável, o Chico das Cambraias, folgazão emérito, o escrivão Fabrício e ainda outros? O terror acentuou-se. Não se sabia já quem estava são, nem quem estava doido. As mulheres, quando os maridos saíam, mandavam acender uma lamparina a Nossa Senhora; e nem todos os maridos eram valorosos, alguns não andavam fora sem um ou dois capangas. Positivamente o terror. Quem podia, emigrava. Um desses fugitivos, chegou a ser preso a duzentos passos da vila. Era um rapaz de trinta anos, amável, conversado, polido, tão polido que não cumprimentava alguém sem levar o chapéu ao chão; na rua, acontecia-lhe correr uma distância de dez a vinte braças para ir apertar a mão a um homem grave, a uma senhora, às vezes a um menino, como acontecera ao filho do juiz de fora. Tinha a vocação das cortesias. De resto, devia as boas relações da sociedade, não só aos dotes pessoais, que eram raros, como à nobre tenacidade com que nunca desanimava diante de uma, duas, quatro, seis recusas, caras feias, etc. O que acontecia era que, uma vez entrado numa casa, não a deixava mais, nem os da casa o deixavam a ele, tão gracioso era o Gil Bernardes. Pois o Gil Bernardes, apesar de se saber estimado, teve medo quando lhe disseram um dia que o alienista o trazia de olho; na madrugada seguinte fugiu da vila, mas foi logo apanhado e conduzido à Casa Verde.

— Devemos acabar com isto!
— Não pode continuar!
— Abaixo a tirania!
— Déspota! violento! Golias!

Não eram gritos na rua, eram suspiros em casa, mas não tardava a hora dos gritos. O terror crescia; avizinhava-se a rebelião. A idéia de uma petição ao governo, para que Simão Bacamarte fosse capturado e deportado, andou por algumas cabeças, antes que o barbeiro Porfírio a expendesse na loja com grandes gestos de indignação. Note-se, — e essa é uma das laudas mais puras desta sombria história, — note-se que o Porfírio, desde que a Casa Verde começara a povoar-se tão extraordinariamente, viu crescerem-lhe os lucros pela aplicação assídua de sanguessugas que dali lhe pediam; mas o interesse particular, dizia ele, deve ceder ao interesse público. E acrescentava: — é preciso derrubar o tirano! Note-se mais que ele soltou esse grito justamente no dia em que Simão Bacamarte fizera recolher à Casa Verde um homem que trazia com ele uma demanda, o Coelho.

— Não me dirão em que é que o Coelho é doido? bradou o Porfírio.

E ninguém lhe respondia; todos repetiam que era um homem perfeitamente ajuizado. A mesma demanda que ele trazia com o barbeiro, acerca de uns chãos da vila, era filha da obscuridade de um alvará e não da cobiça ou ódio. Um excelente caráter o Coelho. Os únicos desafeiçoados que tinha eram alguns sujeitos que, dizendo-se taciturnos, ou alegando andar com pressa, mal o viam de longe dobravam as esquinas, entravam nas lojas, etc. Na verdade, ele amava a boa palestra, a palestra comprida, gostada a sorvos largos, e assim é que nunca estava só, preferindo os que sabiam dizer duas palavras, mas não desdenhando os outros. O padre Lopes, que cultivava o Dante, e era inimigo do Coelho, nunca o via desligar-se de uma pessoa que não declamasse e emendasse este trecho:

La bocca sollevò dal fiero pasto
Quel seccatore...

mas uns sabiam do ódio do padre, e outros pensavam que isto era uma oração em latim.

VI. A REBELIÃO

Cerca de trinta pessoas ligaram-se ao barbeiro, redigiram e levaram uma representação à câmara. A câmara recusou aceitá-la, declarando que a Casa Verde era uma instituição pública, e que a ciência não podia ser emendada por votação administrativa, menos ainda por movimentos de rua.

— Voltai ao trabalho, concluiu o presidente, é o conselho que vos damos.

A irritação dos agitadores foi enorme. O barbeiro declarou que iam dali levantar a bandeira da rebelião, e destruir a Casa Verde; que Itaguaí não podia continuar a servir de cadáver aos estudos e experiências de um déspota; que muitas pessoas estimáveis, algumas distintas, outras humildes mas dignas de apreço, jaziam nos cubículos da Casa Verde; que o despotismo científico do alienista complicava-se do espírito da ganância, visto que os loucos, ou supostos tais, não eram tratados de graça: as famílias, e em falta delas a câmara, pagavam ao alienista...

— É falso, interrompeu o presidente.

— Falso?

— Há cerca de duas semanas recebemos um ofício do ilustre médico, em que nos declara que, tratando de fazer experiências de alto valor psicológico, desiste do estipêndio votado pela câmara, bem como nada receberá das famílias dos enfermos.

A notícia deste ato tão nobre, tão puro, suspendeu um pouco a alma dos rebeldes. Seguramente o alienista podia estar em erro, mas nenhum interesse alheio à ciência o instigava; e para demonstrar o erro era preciso alguma coisa mais do que arruaças e clamores. Isto disse o presidente, com aplauso de toda a câmara. O barbeiro, depois de alguns instantes de concentração, declarou que estava investido de um mandato público, e não restituiria a paz a Itaguaí antes de ver por terra a Casa Verde, — "essa Bastilha da razão humana", — expressão que ouvira a um poeta local, e que ele repetiu com muita ênfase. Disse, e a um sinal todos saíram com ele.

Imagine-se a situação dos vereadores; urgia obstar ao ajuntamento, à rebelião, à luta, ao sangue. Para acrescentar ao mal, um dos vereadores que apoiara o presidente, ouvindo agora a denominação dada pelo barbeiro à Casa Verde, — "Bastilha da razão humana", — achou-a tão elegante, que mudou de parecer. Disse que entendia de bom aviso decretar alguma medida que reduzisse a Casa Verde; e porque o presidente, indignado, manifestasse em termos enérgicos o seu pasmo, o vereador fez esta reflexão:

— Nada tenho que ver com a ciência; mas se tantos homens em quem supomos juízo são reclusos por dementes, quem nos afirma que o alienado não é o alienista?

Sebastião Freitas, o vereador dissidente, tinha o dom da palavra e falou ainda por algum tempo com prudência, mas com firmeza. Os colegas estavam atônitos; o presidente pediu-lhe que, ao menos, desse o exemplo da ordem e do respeito à lei, não aventasse as suas idéias na rua, para não dar corpo e alma à rebelião, que era por ora um turbilhão de átomos dispersos. Esta figura corrigiu um pouco o efeito da outra: Sebastião Freitas prometeu suspender qualquer ação, reservando-se o direito de pedir pelos meios legais a redução da Casa Verde. E repetia consigo, namorado: — Bastilha da razão humana!

Entretanto, a arruaça crescia. Já não eram trinta, mas trezentas pessoas que acompanhavam o barbeiro, cuja alcunha familiar deve ser mencionada, porque ela deu o nome à revolta; chamavam-lhe o Canjica, — e o movimento ficou célebre com o nome de revolta dos Canjicas. A ação podia ser restrita, — visto que muita gente, ou por medo, ou por hábitos de educação, não descia à rua; mas o sentimento era unânime, ou quase unânime, e os trezentos que caminhavam para a Casa Verde, — dada a diferença de Paris a Itaguaí, — podiam ser comparados aos que tomaram a Bastilha.

D. Evarista teve notícia da rebelião antes que ela chegasse; veio dar-lha uma de suas crias. Ela provava nessa ocasião um vestido de seda, — um dos trinta e sete que trouxera do Rio de Janeiro, — e não quis crer.

— Há de ser alguma patuscada, dizia ela mudando a posição de um alfinete. Benedita, vê se a barra está boa.

— Está, sinhá, respondia a mucama de cócoras no chão, está boa. Sinhá vira um bocadinho. Assim. Está muito boa.

— Não é patuscada, não, senhora; eles estão gritando: — Morra o Dr. Bacamarte! o tirano! dizia o moleque assustado.

— Cala a boca, tolo! Benedita, olha aí do lado esquerdo; não parece que a costura está um pouco enviesada? A risca azul não segue até abaixo; está muito feio assim; é preciso descoser para ficar igualzinho e...

— Morra o Dr. Bacamarte! morra o tirano! uivaram fora trezentas vozes. Era a rebelião que desembocava na Rua Nova.

D. Evarista ficou sem pinga de sangue. No primeiro instante não deu um passo, não fez um gesto; o terror petrificou-a. A mucama correu instintivamente para a porta do fundo. Quanto ao moleque, a quem D. Evarista não dera crédito, teve um instante de triunfo, um certo movimento súbito, imperceptível, entranhado, de satisfação moral, ao ver que a realidade vinha jurar por ele.

— Morra o alienista! bradavam as vozes mais perto.

D. Evarista, se não resistia facilmente às comoções de prazer, sabia entestar com os momentos de perigo. Não desmaiou; correu à sala interior onde o marido estudava. Quando ela ali entrou, precipitada, o ilustre médico escrutava um texto de Averróis; os olhos dele, empanados pela cogitação, subiam do livro ao teto e baixavam do teto ao livro, cegos para a realidade exterior, videntes para os profundos trabalhos mentais. D. Evarista chamou pelo marido duas vezes, sem que ele lhe desse atenção; à terceira, ouviu e perguntou-lhe o que tinha, se estava doente.

— Você não ouve estes gritos? perguntou a digna esposa em lágrimas.

O alienista atendeu então; os gritos aproximavam-se, terríveis, ameaçadores; ele compreendeu tudo. Levantou-se da cadeira de espaldar em que estava sentado, fechou o livro, e, a passo firme e tranqüilo, foi depositá-lo na estante. Como a introdução do volume desconcertasse um pouco a linha dos dois tomos contíguos, Simão Bacamarte cuidou de corrigir esse defeito mínimo, e, aliás, interessante. Depois disse à mulher que se recolhesse, que não fizesse nada.

— Não, não, implorava a digna senhora, quero morrer ao lado de você...

Simão Bacamarte teimou que não, que não era caso de morte; e ainda que o fosse, intimava-lhe em nome da vida que ficasse. A infeliz dama curvou a cabeça, obediente e chorosa.

— Abaixo a Casa Verde! bradavam os Canjicas.

O alienista caminhou para a varanda da frente, e chegou ali no momento em que a rebelião também chegava e parava, defronte, com as suas trezentas cabeças rutilantes de civismo e sombrias de desespero. — Morra! morra! bradaram de todos os lados, apenas o vulto do alienista assomou na varanda. Simão Bacamarte fez um sinal pedindo para falar; os revoltosos cobriram-lhe a voz com brados de indignação. Então, o barbeiro, agitando o chapéu, a fim de impor silêncio à turba, conseguiu aquietar os amigos, e declarou ao alienista que podia falar, mas acrescentou que não abusasse da paciência do povo como fizera até então.

— Direi pouco, ou até não direi nada, se for preciso. Desejo saber primeiro o que pedis.

— Não pedimos nada, replicou fremente o barbeiro; ordenamos que a Casa Verde seja demolida, ou pelo menos despojada dos infelizes que lá estão.

— Não entendo.

— Entendeis bem, tirano; queremos dar liberdade às vítimas do vosso ódio, capricho, ganância...

O alienista sorriu, mas o sorriso desse grande homem não era coisa visível aos olhos da multidão; era uma contração leve de dois ou três músculos, nada mais. Sorriu e respondeu:

— Meus senhores, a ciência é coisa séria, e merece ser tratada com seriedade. Não dou razão dos meus atos de alienista a ninguém, salvo aos mestres e a Deus. Se quereis emendar a administração da Casa Verde, estou pronto a ouvir-vos; mas se exigis que me negue a mim mesmo, não ganhareis nada. Poderia convidar alguns de vós, em comissão dos outros, a vir ver comigo os loucos reclusos; mas não o faço, porque seria dar-vos razão do meu sistema, o que não farei a leigos, nem a rebeldes.

Disse isto o alienista, e a multidão ficou atônita; era claro que não esperava tanta energia e menos ainda tamanha serenidade. Mas o assombro cresceu de ponto quando o alienista, cortejando a multidão com muita gravidade, deu-lhe as costas e retirou-se lentamente para dentro. O barbeiro tornou logo a si, e, agitando o chapéu, convidou os amigos à demolição da Casa Verde; poucas vozes e frouxas lhe responderam. Foi nesse momento decisivo que o barbeiro sentiu despontar em si a ambição do governo; pareceu-lhe então que, demolindo a Casa Verde, e derrocando a influência do alienista, chegaria a apoderar-se da câmara, dominar as demais autoridades e constituir-se senhor de Itaguaí. Desde alguns anos que ele forcejava por ver o seu nome incluído nos pelouros para o sorteio dos vereadores, mas era recusado por não ter nenhuma posição compatível com tão grande cargo. A ocasião era agora ou nunca. Demais, fora tão longe na arruaça que a derrota seria a prisão, ou talvez a forca, ou o degredo. Infelizmente, a resposta do alienista diminuíra o furor dos sequazes. O barbeiro, logo que o percebeu, sentiu um impulso de indignação, e quis bradar-lhes: — Canalhas! covardes! — mas conteve-se, e rompeu deste modo:

— Meus amigos, lutemos até o fim! A salvação de Itaguaí está nas vossas mãos dignas e heróicas. Destruamos o cárcere de vossos filhos e pais, de vossas mães e irmãs, de vossos parentes e amigos, e de vós mesmos. Ou morrereis a pão e água, talvez a chicote, na masmorra daquele indigno.

A multidão agitou-se, murmurou, bradou, ameaçou, congregou-se toda em derredor do barbeiro. Era a revolta que tornava a si da ligeira síncope, e ameaçava arrasar a Casa Verde.

— Vamos! bradou Porfírio agitando o chapéu.

— Vamos! repetiram todos.

Deteve-os um incidente: era um corpo de dragões que, a marche-marche, entrava na Rua Nova.

VII. O INESPERADO

Chegados os dragões em frente aos Canjicas, houve um instante de estupefação; os Canjicas não queriam crer que a força pública fosse mandada contra eles; mas o barbeiro compreendeu tudo e esperou. Os dragões pararam, o capitão intimou à multidão que se dispersasse; mas, conquanto uma parte dela estivesse inclinada a isso, a outra parte apoiou fortemente o barbeiro, cuja resposta consistiu nestes termos alevantados:

— Não nos dispersaremos. Se quereis os nossos cadáveres, podeis tomá-los; mas só os cadáveres; não levareis a nossa honra, o nosso crédito, os nossos direitos, e com eles a salvação de Itaguaí.

Nada mais imprudente do que essa resposta do barbeiro; e nada mais natural. Era a vertigem das grandes crises. Talvez fosse também um excesso de confiança na abstenção das armas por parte dos dragões; confiança que o capitão dissipou logo, mandando carregar sobre os Canjicas. O momento foi indescritível. A multidão urrou furiosa; alguns, trepando às janelas das casas, ou correndo pela rua fora, conseguiram escapar; mas a maioria ficou, bufando de cólera, indignada, animada pela exortação do barbeiro. A derrota dos Canjicas estava iminente, quando um terço dos dragões, — qualquer que fosse o motivo, as crônicas não o declaram, — passou subitamente para o lado da rebelião. Este inesperado reforço deu alma aos Canjicas, ao mesmo tempo que lançou desânimo às fileiras da legalidade. Os soldados fiéis não tiveram coragem de atacar os seus próprios camaradas, e, um a um, foram passando para eles, de modo que, ao cabo de alguns minutos, o aspecto das coisas era totalmente outro. O capitão estava de um lado, com alguma gente, contra uma massa compacta que o ameaçava de morte. Não teve remédio, declarou-se vencido e entregou a espada ao barbeiro.

A revolução triunfante não perdeu um só minuto; recolheu os feridos às casas próximas, e guiou para a câmara. Povo e tropa fraternizavam, davam vivas a el-rei, ao vice-rei, a Itaguaí, ao "ilustre Porfírio". Este ia na frente, empunhando tão destramente a espada, como se ela fosse apenas uma navalha um pouco mais comprida. A vitória cingia-lhe a fronte de um nimbo misterioso. A dignidade de governo começava a enrijar-lhe os quadris.

Os vereadores, às janelas, vendo a multidão e a tropa, cuidaram que a tropa capturara a multidão, e sem mais exame, entraram e votaram uma petição ao vice-rei para que se mandasse dar um mês de soldo aos dragões, "cujo denodo salvou Itaguaí do abismo a que o tinha lançado uma cáfila de rebeldes". Esta frase foi proposta por Sebastião Freitas, o vereador dissidente cuja defesa dos Canjicas tanto escandalizara os colegas. Mas bem depressa a ilusão se desfez. Os vivas ao barbeiro, os morras aos vereadores e ao alienista vieram dar-lhes notícia da triste realidade. O presidente não desanimou: — Qualquer que seja a nossa sorte, disse ele, lembremo-nos que estamos ao serviço de Sua Majestade e do povo. — Sebastião Freitas insinuou que melhor se poderia servir à coroa e à vila saindo pelos fundos e indo conferenciar com o juiz de fora, mas toda a câmara rejeitou esse alvitre.

Daí a nada o barbeiro, acompanhado de alguns de seus tenentes, entrava na sala da vereança e intimava à câmara a sua queda. A câmara não resistiu, entregou-se, e foi dali para a cadeia. Então os amigos do barbeiro propuseram-lhe que assumisse o governo da vila, em nome de Sua Majestade. Porfírio aceitou o encargo, embora não desconhecesse (acrescentou) os espinhos que trazia; disse mais que não podia dispensar o concurso dos amigos presentes; ao que eles prontamente anuíram. O barbeiro veio à janela, e comunicou ao povo essas resoluções, que o povo ratificou, aclamando o barbeiro. Este tomou a denominação de — "Protetor da vila em nome de Sua Majestade e do povo". Expediram-se logo várias ordens importantes, comunicações oficiais do novo governo, uma exposição minuciosa ao vice-rei, com muitos protestos de obediência às ordens de Sua Majestade; finalmente, uma proclamação ao povo, curta, mas enérgica:

Itaguaienses!
Uma câmara corrupta e violenta conspirava contra os interesses de Sua Majestade e do povo. A opinião pública tinha-a condenado; um punhado de cidadãos, fortemente apoiados pelos bravos dragões de Sua Majestade, acaba de a dissolver ignominiosamente, e por unânime consenso da vila, foi-me confiado o mando supremo, até que Sua Majestade se sirva ordenar o que parecer melhor ao seu real serviço. Itaguaienses! não vos peço senão que me rodeeis de confiança, que me auxilieis em restaurar a paz e a fazenda pública, tão desbaratada pela câmara que ora findou às vossas mãos. Contai com o meu sacrifício, e ficai certos de que a coroa será por nós.
O Protetor da vila em nome de Sua Majestade e do povo

PORFÍRIO CAETANO DAS NEVES.

Toda a gente advertiu no absoluto silêncio desta proclamação acerca da Casa Verde; e, segundo uns, não podia haver mais vivo indício dos projetos tenebrosos do barbeiro. O perigo era tanto maior quanto que, no meio mesmo desses graves sucessos, o alienista metera na Casa Verde umas sete ou oito pessoas, entre elas duas senhoras, sendo um dos homens aparentado com o Protetor. Não era um repto, um ato intencional; mas todos o interpretaram dessa maneira, e a vila respirou com a esperança de que o alienista dentro de vinte e quatro horas estaria a ferros, e destruído o terrível cárcere.

O dia acabou alegremente. Enquanto o arauto da matraca ia recitando de esquina em esquina a proclamação, o povo espalhava-se nas ruas e jurava morrer em defesa do ilustre Porfírio. Poucos gritos contra a Casa Verde, prova de confiança na ação do governo. O barbeiro fez expedir um ato declarando feriado aquele dia, e entabulou negociações com o vigário para a celebração de um *Te-Deum*, tão conveniente era aos olhos dele a conjunção do poder temporal com o espiritual; mas o padre Lopes recusou abertamente o seu concurso.

— Em todo o caso, Vossa Reverendíssima não se alistará entre os inimigos do governo? disse-lhe o barbeiro, dando à fisionomia um aspecto tenebroso.

Ao que o padre Lopes respondeu, sem responder:

— Como alistar-me, se o novo governo não tem inimigos?

O barbeiro sorriu; era a pura verdade. Salvo o capitão, os vereadores e os principais da vila, toda a gente o aclamava. Os mesmos principais, se o não aclamavam, não tinham saído contra ele. Nenhum dos almotacés deixou de vir receber as suas ordens. No geral, as famílias abençoavam o nome daquele que ia enfim libertar Itaguaí da Casa Verde e do terrível Simão Bacamarte.

VIII. As angústias do boticário

Vinte e quatro horas depois dos sucessos narrados no capítulo anterior, o barbeiro saiu do palácio do governo, — foi a denominação dada à casa da câmara, — com dois ajudantes-de-ordens, e dirigiu-se à residência de Simão Bacamarte. Não ignorava ele que era mais decoroso ao governo mandá-lo chamar; o receio, porém, de que o alienista não obedecesse, obrigou-o a parecer tolerante e moderado.

Não descrevo o terror do boticário ao ouvir dizer que o barbeiro ia à casa do alienista. — Vai prendê-lo, pensou ele. E redobraram-lhe as angústias. Com efeito, a tortura moral do boticário naqueles dias de revolução excede a toda a descrição possível. Nunca um homem se achou em mais apertado lance: — a privança do alienista chamava-o ao lado deste, a vitória do barbeiro atraía-o ao barbeiro. Já a simples notícia de sublevação tinha-lhe sacudido fortemente a alma, porque ele sabia a unanimidade do ódio ao alienista; mas a vitória final foi também o golpe final. A esposa, senhora máscula, amiga particular de D. Evarista, dizia que o lugar dele era ao lado de Simão Bacamarte; ao passo que o coração lhe bradava que não, que a causa do alienista estava perdida, e que ninguém, por ato próprio, se amarra a um cadáver. Fê-lo Catão, é verdade, *sed victa Catoni*, pensava ele, relembrando algumas palestras habituais do padre Lopes; mas Catão não se atou a uma causa vencida, ele era a própria causa vencida, a causa da república; o seu ato, portanto, foi de egoísta, de um miserável egoísta; minha situação é outra. Insistindo, porém, a mulher, não achou Crispim Soares outra saída em tal crise senão adoecer; declarou-se doente e meteu-se na cama.

— Lá vai o Porfírio à casa do Dr. Bacamarte disse-lhe a mulher no dia seguinte à cabeceira da cama; vai acompanhado de gente.

— Vai prendê-lo, pensou o boticário.

Uma idéia traz outra; o boticário imaginou que, uma vez preso o alienista, viriam também buscá-lo a ele, na qualidade de cúmplice. Esta idéia foi o melhor dos vesicatórios. Crispim Soares ergueu-se, disse que estava bom, que ia sair; e apesar de todos os esforços e protestos da consorte, vestiu-se e saiu. Os velhos cronistas são unânimes em dizer que a certeza de que o marido ia colocar-se nobremente ao lado do alienista consolou grandemente a esposa do boticário; e notam, com muita perspicácia, o imenso poder moral de uma ilusão; porquanto, o boticário caminhou resolutamente ao palácio do governo, não à casa do alienista. Ali chegando, mostrou-se admirado de não ver o barbeiro, a quem ia apresentar os seus protestos de adesão, não o tendo feito desde a véspera por enfermo. E tossia com algum custo. Os altos funcionários que lhe ouviam esta declaração, sabedores da intimidade do boticário com o alienista, compreenderam toda a importância da adesão nova, e trataram a Crispim Soares com apurado carinho; afirmaram-lhe que o barbeiro não tardava; Sua Senhoria tinha ido à Casa Verde, a negócio importante, mas não tardava. Deram-lhe cadeira, refrescos, elogios; disseram-lhe que a causa do ilustre Porfírio era a de todos os patriotas; ao que o boticário ia repetindo que sim, que nunca pensara noutra coisa, que isso mesmo mandaria declarar a Sua Majestade.

IX. Dois lindos casos

Não se demorou o alienista em receber o barbeiro; declarou-lhe que não tinha meios de resistir, e portanto estava prestes a obedecer. Só uma coisa pedia, é que o não constrangesse a assistir pessoalmente à destruição da Casa Verde.

— Engana-se Vossa Senhoria, disse o barbeiro depois de alguma pausa, engana-se em atribuir ao governo intenções vandálicas. Com razão ou sem ela, a opinião crê que a maior parte dos doidos ali metidos estão em seu perfeito juízo, mas o governo reconhece que a questão é puramente científica, e não cogita em resolver com posturas as questões científicas. Demais, a Casa Verde é uma instituição pública; tal a aceitamos das mãos da câmara dissolvida. Há, entretanto, — por força que há de haver um alvitre intermédio que restitua o sossego ao espírito público.

O alienista mal podia dissimular o assombro; confessou que esperava outra coisa, o arrasamento do hospício, a prisão dele, o desterro, tudo, menos...

— O pasmo de Vossa Senhoria, atalhou gravemente o barbeiro, vem de não atender à grave responsabilidade do governo. O povo, tomado de uma cega piedade, que lhe dá em tal caso legítima indignação, pode exigir do governo certa ordem de atos; mas este, com a responsabilidade que lhe incumbe, não os deve praticar, ao menos integralmente, e tal é a nossa situação. A generosa revolução que ontem derrubou uma câmara vilipendiada e corrupta, pediu em altos brados o arrasamento da Casa Verde; mas pode entrar no ânimo do governo eliminar a loucura? Não. E se o governo não a pode eliminar, está ao menos apto para discriminá-la, reconhecê-la? Também não; é matéria de ciência. Logo, em assunto tão melindroso, o governo não pode, não deve, não quer dispensar o concurso de Vossa Senhoria. O que lhe pede é que de certa maneira demos alguma satisfação ao povo. Unamo-nos, e o povo saberá obedecer. Um dos alvitres aceitáveis, se Vossa Senhoria não indicar outro, seria fazer retirar da Casa Verde aqueles enfermos que estiverem quase curados e bem assim os maníacos de pouca monta, etc. Desse modo, sem grande perigo, mostraremos alguma tolerância e benignidade.

— Quantos mortos e feridos houve ontem no conflito? perguntou Simão Bacamarte depois de uns três minutos.

O barbeiro ficou espantado da pergunta, mas respondeu logo que onze mortos e vinte e cinco feridos.

— Onze mortos e vinte e cinco feridos! repetiu duas ou três vezes o alienista.

E em seguida declarou que o alvitre lhe não parecia bom, mas que ele ia catar algum outro, e dentro de poucos dias lhe daria resposta. E fez-lhe várias perguntas acerca dos sucessos da véspera, ataque, defesa, adesão dos dragões, resistência da câmara, etc., ao que o barbeiro ia respondendo com grande abundância, insistindo principalmente no descrédito em que a câmara caíra. O barbeiro confessou que o novo governo não tinha ainda por si a confiança dos principais da vila, mas o alienista podia fazer muito nesse ponto. O governo, concluiu o barbeiro, folgaria se pudesse contar não já com a simpatia, senão com a benevolência do mais alto espírito de Itaguaí, e seguramente do reino. Mas nada disso alterava a nobre e austera fisionomia daquele grande homem, que ouvia calado, sem desvanecimento nem modéstia, mas impassível como um deus de pedra.

— Onze mortos e vinte e cinco feridos, repetiu o alienista depois de acompanhar o barbeiro até à porta. Eis aí dois lindos casos de doença cerebral. Os sintomas de duplicidade e descaramento desse barbeiro são positivos. Quanto à toleima dos que o aclamaram não é preciso outra prova além dos onze mortos e vinte e cinco feridos. — Dois lindos casos!

— Viva o ilustre Porfírio! bradaram umas trinta pessoas que aguardavam o barbeiro à porta.

O alienista espiou pela janela, e ainda ouviu este resto de pequena fala do barbeiro às trinta pessoas que o aclamavam:

— ... porque eu velo, podeis estar certos disso, eu velo pela execução das vontades do povo. Confiai em mim; e tudo se fará pela melhor maneira. Só vos recomendo ordem. A ordem, meus amigos, é a base do governo...

— Viva o ilustre Porfírio! bradaram as trinta vozes, agitando seus chapéus.

— Dois lindos casos! murmurou o alienista.

X. A RESTAURAÇÃO

Dentro de cinco dias, o alienista meteu na Casa Verde cerca de cinqüenta aclamadores do novo governo. O povo indignou-se. O governo, atarantado, não sabia reagir. João Pina, outro barbeiro, dizia abertamente nas ruas, que o Porfírio estava "vendido ao ouro de Simão Bacamarte", frase que congregou em torno de João Pina a gente mais resoluta da vila. Porfírio, vendo o antigo rival da navalha à testa da insurreição, compreendeu que a sua perda era irremediável, se não desse um grande golpe; expediu dois decretos, um abolindo a Casa Verde, outro desterrando o alienista. João Pina mostrou claramente, com grandes frases, que o ato de Porfírio era um simples aparato, um engodo, em que o povo não devia crer. Duas horas depois caía Porfírio ignominiosamente e João Pina assumia a difícil tarefa do governo. Como achasse nas gavetas as minutas da proclamação, da exposição ao vice-rei e de outros atos inaugurais do governo anterior, deu-se pressa em os fazer copiar e expedir; acrescentam os cronistas, e aliás subentende-se, que ele lhes mudou os nomes, e onde outro barbeiro falara de uma câmara corrupta, falou este de "um intruso eivado das más doutrinas francesas e contrário aos sacrossantos interesses de Sua Majestade", etc.

Nisto entrou na vila uma força mandada pelo vice-rei, e restabeleceu a ordem. O alienista exigiu desde logo a entrega do barbeiro Porfírio, e bem assim a de uns cinqüenta e tantos indivíduos, que declarou mentecaptos; e não só lhe deram esses, como afiançaram entregar-lhe mais dezenove sequazes do barbeiro, que convalesciam das feridas apanhadas na primeira rebelião.

Este ponto da crise de Itaguaí marca também o grau máximo da influência de Simão Bacamarte. Tudo quanto quis, deu-se-lhe; e uma das mais vivas provas do poder do ilustre médico achamo-la na prontidão com que os vereadores, restituídos a seus lugares, consentiram em que Sebastião Freitas também fosse recolhido ao hospício. O alienista, sabendo da extraordinária inconsistência das opiniões desse vereador, entendeu que era um caso patológico, e pediu-o. A mesma coisa aconteceu ao boticário. O alienista, desde que lhe falaram da momentânea adesão de Crispim Soares à rebelião dos Canjicas, comparou-a à aprovação que sempre recebera dele, ainda na véspera, e mandou capturá-lo. Crispim Soares não negou o fato, mas explicou-o dizendo que cedera a um movimento de terror, ao ver a rebelião triunfante, e deu como prova a ausência de nenhum outro ato seu, acrescentando que voltara logo à cama, doente. Simão Bacamarte não o contrariou; disse, porém, aos circunstantes que o terror também é pai da loucura, e que o caso de Crispim Soares lhe parecia dos mais caracterizados.

Mas a prova mais evidente da influência de Simão Bacamarte foi a docilidade com que a câmara lhe entregou o próprio presidente. Este digno magistrado tinha declarado, em plena sessão, que não se contentava, para lavá-lo da afronta dos Canjicas, com menos de trinta almudes de sangue; palavra que chegou aos ouvidos do alienista por boca do secretário da câmara, entusiasmado de tamanha energia. Simão Bacamarte começou por meter o secretário na Casa Verde, e foi dali à câmara, à qual declarou que o presidente estava padecendo da "demência dos touros", um gênero que ele pretendia estudar, com grande vantagem para os povos. A câmara a princípio hesitou, mas acabou cedendo.

Daí em diante foi uma coleta desenfreada. Um homem não podia dar nascença ou curso à mais simples mentira do mundo, ainda daquelas que aproveitam ao inventor ou divulgador, que não fosse logo metido na Casa Verde. Tudo era loucura. Os cultores de enigmas, os fabricantes de charadas, de anagramas, os maldizentes, os curiosos da vida alheia, os que põem todo o seu cuidado na tafularia, um ou outro almotacé enfunado, ninguém escapava aos emissários do alienista. Ele respeitava as namoradas e não poupava as namoradeiras, dizendo que as primeiras cediam a um impulso natural e as segundas a um vício. Se um homem era avaro ou pródigo, ia do mesmo modo para a Casa Verde; daí a alegação de que não havia regra para a completa sanidade mental. Alguns cronistas crêem que Simão Bacamarte nem sempre procedia com lisura, e citam em abono da afirmação (que não sei se pode ser aceita) o fato de ter alcançado da câmara uma postura autorizando o uso de um anel de prata no dedo polegar da mão esquerda, a toda a pessoa que, sem outra prova documental ou tradicional, declarasse ter nas veias duas ou três onças de sangue godo. Dizem esses cronistas que o fim secreto da insinuação à câmara foi enriquecer um ourives, amigo e compadre dele; mas, conquanto seja certo que o ouvires viu prosperar o negócio depois da nova ordenação municipal, não o é menos que essa postura deu à Casa Verde uma multidão de inquilinos; pelo que, não se pode definir, sem temeridade, o verdadeiro fim do ilustre médico. Quanto à razão determinativa da captura e aposentação na Casa Verde de todos quantos usaram do anel, é um dos pontos mais obscuros da história de Itaguaí; a opinião mais verossímil é que eles foram recolhidos por andarem a gesticular, à toa, nas ruas, em casa, na igreja. Ninguém ignora que os doidos gesticulam muito. Em todo caso, é uma simples conjectura; de positivo nada há.

— Onde é que este homem vai parar? diziam os principais da terra. Ah! se nós tivéssemos apoiado os Canjicas...

Um dia de manhã, — dia em que a câmara devia dar um grande baile, — a vila inteira ficou abalada com a notícia de que a própria esposa do alienista fora metida na Casa Verde. Ninguém acreditou; devia ser invenção de algum gaiato. E não era: era verdade pura. D. Evarista fora recolhida às duas horas da noite. O padre Lopes correu ao alienista e interrogou-o discretamente acerca do fato.

— Já há algum tempo que eu desconfiava, disse gravemente o marido. A modéstia com que ela vivera em ambos os matrimônios não podia conciliar-se com o furor das sedas, veludos, rendas e pedras preciosas que manifestou logo que voltou do Rio de Janeiro. Desde então comecei a observá-la. Suas conversas eram todas sobre esses objetos; se eu lhe falava das antigas cortes, inquiria logo da forma dos vestidos das damas; se uma senhora a visitava, na minha ausência, antes de me dizer o objeto da visita, descrevia-me o trajo, aprovando umas coisas e censurando outras. Um dia, creio que Vossa Reverendíssima há de lembrar-se, propôs-se a fazer anualmente um vestido para a imagem de Nossa Senhora da matriz. Tudo isto eram sintomas graves; esta noite, porém, declarou-se a total demência. Tinha escolhido, preparado, enfeitado o vestuário que levaria ao baile da câmara municipal; só hesitava entre um colar de granada e outro de safira. Anteontem perguntou-me qual deles levaria; respondi-lhe que um ou outro lhe ficava bem. Ontem repetiu a pergunta, ao almoço; pouco depois de jantar fui achá-la calada e pensativa. — Que tem? perguntei-lhe. — Queria levar o colar de granada, mas acho o de safira tão bonito! — Pois leve o de safira. — Ah! mas onde fica o de granada? — Enfim, passou a tarde sem novidade. Ceamos, e deitamo-nos. Alta noite, seria hora e meia, acordo e não a vejo; levanto-me, vou ao quarto de vestir, acho-a diante dos dois colares, ensaiando-os ao espelho, ora um, ora outro. Era evidente a demência: recolhi-a logo.

O padre Lopes não se satisfez com a resposta, mas não objetou nada. O alienista, porém, percebeu e explicou-lhe que o caso de D. Evarista era de "mania sumptuária", não incurável, e em todo caso digno de estudo.

— Conto pô-la boa dentro de seis semanas, concluiu ele.

A abnegação do ilustre médico deu-lhe grande realce. Conjecturas, invenções, desconfianças, tudo caiu por terra desde que ele não duvidou recolher à Casa Verde a própria mulher, a quem amava com todas as forças da alma. Ninguém mais tinha o direito de resistir-lhe, — menos ainda o de atribuir-lhe intuitos alheios à ciência.

Era um grande homem austero, Hipócrates forrado de Catão.

XI. O ASSOMBRO DE ITAGUAÍ

E agora prepare-se o leitor para o mesmo assombro em que ficou a vila ao saber que um dia os loucos da Casa Verde iam todos ser postos na rua.

— Todos?
— Todos.
— É impossível; alguns sim, mas todos...
— Todos. Assim o disse ele no ofício que mandou hoje de manhã à câmara.

De fato o alienista oficiara à câmara expondo: — 1º, que verificara das estatísticas da vila e da Casa Verde, que quatro quintos da população estavam aposentados naquele estabelecimento; 2º, que esta deslocação da população levara-o a examinar os fundamentos da sua teoria das moléstias cerebrais, teoria que excluía do domínio da razão todos os casos em que o equilíbrio das faculdades não fosse perfeito e absoluto; 3º, que desse exame e do fato estatístico resultara para ele a convicção de que a verdadeira doutrina não era aquela, mas a oposta, e portanto que se devia admitir como normal e exemplar o desequilíbrio das faculdades, e como hipóteses patológicas todos os casos em que aquele equilíbrio fosse ininterrupto; 4º, que, à vista disso, declarava à câmara que ia dar liberdade aos reclusos da Casa Verde e agasalhar nela as pessoas que se achassem nas condições agora expostas; 5º, que, tratando de descobrir a verdade científica, não se pouparia a esforços de toda a natureza, esperando da câmara igual dedicação; 6º, que restituía à câmara e aos particulares a soma do estipêndio recebido para alojamento dos supostos loucos, descontada a parte efetivamente gasta com a alimentação, roupa, etc.; o que a câmara mandaria verificar nos livros e arcas da Casa Verde.

O assombro de Itaguaí foi grande; não foi menor a alegria dos parentes e amigos dos reclusos. Jantares, danças, luminárias, músicas, tudo houve para celebrar tão fausto acontecimento. Não descrevo as festas por não interessarem ao nosso propósito; mas foram esplêndidas, tocantes e prolongadas.

E vão assim as coisas humanas! No meio do regozijo produzido pelo ofício de Simão Bacamarte, ninguém advertia na frase final do § 4º, uma frase cheia de experiências futuras.

XII. O FINAL DO § 4º

Apagaram-se as luminárias, reconstituíram-se as famílias, tudo parecia reposto nos antigos eixos. Reinava a ordem, a câmara exercia outra vez o governo, sem nenhuma pressão externa; o próprio presidente e o vereador Freitas tornaram aos seus lugares. O barbeiro Porfírio, ensinado pelos acontecimentos, tendo "provado tudo", como o poeta disse de Napoleão, e mais alguma coisa, porque Napoleão não provou a Casa Verde, o barbeiro achou preferível a glória obscura da navalha e da tesoura às calamidades brilhantes do poder; foi, é certo, processado; mas a população da vila implorou a clemência de Sua Majestade; daí o perdão. João Pina foi absolvido, atendendo-se a que ele derrocara um rebelde. Os cronistas pensam que deste fato é que nasceu o nosso adágio: — ladrão que furta a ladrão, tem cem anos de perdão; — adágio imoral, é verdade, mas grandemente útil.

Não só findaram as queixas contra o alienista, mas até nenhum ressentimento ficou dos atos que ele praticara; acrescendo que os reclusos da Casa Verde, desde que ele os declarara plenamente ajuizados, sentiram-se tomados de profundo reconhecimento e férvido entusiasmo. Muitos entenderam que o alienista merecia uma especial manifestação e deram-lhe um baile, ao qual se seguiram outros bailes e jantares. Dizem as crônicas que D. Evarista a princípio tivera idéia de separar-se do consorte, mas a dor de perder a companhia de tão grande homem venceu qualquer ressentimento de amor-próprio, e o casal veio a ser ainda mais feliz do que antes.

Não menos íntima ficou a amizade do alienista e do boticário. Este concluiu do ofício de Simão Bacamarte que a prudência é a primeira das virtudes em tempos de revolução, e apreciou muito a magnanimidade do alienista que, ao dar-lhe a liberdade, estendeu-lhe a mão de amigo velho.

— É um grande homem, disse ele à mulher, referindo aquela circunstância.

Não é preciso falar do albardeiro, do Costa, do Coelho, do Martim Brito e outros, especialmente nomeados neste escrito; basta dizer que puderam exercer livremente os seus hábitos anteriores. O próprio Martim Brito, recluso por um discurso em que louvara enfaticamente D. Evarista, fez agora outro em honra do insigne médico — "cujo altíssimo gênio, elevando as asas muito acima do sol, deixou abaixo de si todos os demais espíritos da terra".

— Agradeço as suas palavras, retorquiu-lhe o alienista, e ainda não me arrependo de o haver restituído à liberdade.

Entretanto, a câmara, que respondera ao ofício de Simão

Bacamarte, com a ressalva de que oportunamente estatuiria em relação ao final do § 4º, tratou enfim de legislar sobre ele. Foi adotada, sem debate, uma postura, autorizando o alienista a agasalhar na Casa Verde as pessoas que se achassem no gozo do perfeito equilíbrio das faculdades mentais. E porque a experiência da câmara tivesse sido dolorosa, estabeleceu ela a cláusula de que a autorização era provisória, limitada a um ano, para o fim de ser experimentada a nova teoria psicológica, podendo a câmara, antes mesmo daquele prazo mandar fechar a Casa Verde, se a isso fosse aconselhada por motivos de ordem pública. O vereador Freitas propôs também a declaração de que em nenhum caso fossem os vereadores recolhidos ao asilo dos alienados: cláusula que foi aceita, votada e incluída na postura apesar das reclamações do vereador Galvão. O argumento principal deste magistrado é que a câmara, legislando sobre uma experiência científica, não podia excluir as pessoas de seus membros das conseqüências da lei; a exceção era odiosa e ridícula. Mal proferira estas duras palavras, romperam os vereadores em altos brados contra a audácia e insensatez do colega; este, porém, ouviu-os e limitou-se a dizer que votava contra a exceção.

— A vereança, concluiu ele, não nos dá nenhum poder especial nem nos elimina do espírito humano.

Simão Bacamarte aceitou a postura com todas as restrições. Quanto à exclusão dos vereadores, declarou que teria profundo sentimento se fosse compelido a recolhê-los à Casa Verde; a cláusula porém, era a melhor prova de que eles não padeciam do perfeito equilíbrio das faculdades mentais. Não acontecia o mesmo ao vereador Galvão, cujo acerto na objeção feita, e cuja moderação na resposta dada às invectivas dos colegas mostravam da parte dele um cérebro bem organizado; pelo que rogava à câmara que lho entregasse. A câmara, sentindo-se ainda agravada pelo proceder do vereador Galvão, estimou o pedido do alienista, e votou unanimemente a entrega.

Compreende-se que, pela teoria nova, não bastava um fato ou um dito para recolher alguém à Casa Verde; era preciso um longo exame, um vasto inquérito do passado e do presente. O padre Lopes, por exemplo, só foi capturado trinta dias depois da postura, a mulher do boticário quarenta dias. A reclusão desta senhora encheu o consorte de indignação. Crispim Soares saiu de casa espumando de cólera e declarando às pessoas a quem encontrava que ia arrancar as orelhas ao tirano. Um sujeito, adversário do alienista, ouvindo na rua essa notícia, esqueceu os motivos da dissidência, e correu à casa de Simão Bacamarte a participar-lhe o perigo que corria. Simão Bacamarte mostrou-se grato ao procedimento do adversário, e poucos minutos lhe bastaram para conhecer a retidão dos seus sentimentos, a boa-fé, o respeito humano, a generosidade; apertou-lhe muito as mãos, e recolheu-o à Casa Verde.

— Um caso destes é raro, disse ele à mulher pasmada. Agora esperemos o nosso Crispim.

Crispim Soares entrou. A dor vencera a raiva, o boticário não arrancou as orelhas ao alienista. Este consolou o seu privado, assegurando-lhe que não era caso perdido; talvez a mulher tivesse alguma lesão cerebral; ia examiná-la com muita atenção; mas antes disso não podia deixá-la na rua. E, parecendo-lhe vantajoso reuni-los, porque a astúcia e velhacaria do marido poderiam de certo modo curar a beleza moral que ele descobrira na esposa, disse Simão Bacamarte:

— O senhor trabalhará durante o dia na botica, mas almoçará e jantará com sua mulher, e cá passará as noites, e os domingos e dias santos.

A proposta colocou o pobre boticário na situação de asno de Buridan. Queria viver com a mulher, mas temia voltar à Casa Verde; e nessa luta esteve algum tempo, até que D. Evarista o tirou da dificuldade, prometendo que se incumbiria de ver a amiga e transmitir os recados de um para outro. Crispim Soares beijou-lhe as mãos agradecido. Este último rasgo de egoísmo pusilânime pareceu sublime ao alienista.

Ao cabo de cinco meses estavam alojadas umas dezoito pessoas; mas Simão Bacamarte não afrouxava; ia de rua em rua, de casa em casa, espreitando, interrogando, estudando; e quando colhia um enfermo, levava-o com a mesma alegria com que outrora os arrebanhava às dúzias. Essa mesma desproporção confirmava a teoria nova; achara-se enfim a verdadeira patologia cerebral. Um dia, conseguiu meter na Casa Verde o juiz de fora; mas procedia com tanto escrúpulo, que o não fez senão depois de estudar minuciosamente todos os seus atos, e interrogar os principais da vila. Mais de uma vez esteve prestes a recolher pessoas perfeitamente desequilibradas; foi o que se deu com um advogado, em quem reconheceu um tal conjunto de qualidades morais e mentais, que era perigoso deixá-lo na rua. Mandou prendê-lo; mas o agente, desconfiado, pediu-lhe para fazer uma experiência; foi ter com um compadre, demandado por um testamento falso, e deu-lhe de conselho que tomasse por advogado o Salustiano; era o nome da pessoa em questão.

— Então, parece-lhe...?

— Sem dúvida: vá, confesse tudo, a verdade inteira, seja qual for, e confie-lhe a causa.

O homem foi ter com o advogado, confessou ter falsificado o testamento, e acabou pedindo que lhe tomasse a causa. Não se negou o advogado, estudou os papéis, arrazoou longamente, e provou a todas as luzes que o testamento era mais que verdadeiro. A inocência do réu foi solenemente proclamada pelo juiz, e a herança passou-lhe às mãos. O distinto jurisconsulto deveu a esta experiência a liberdade. Mas nada escapa a um espírito original e penetrante. Simão Bacamarte, que desde algum tempo notava o zelo, a sagacidade, a paciência, a moderação daquele agente, reconheceu a habilidade e o tino com que ele levara a cabo uma experiência tão melindrosa e complicada, e determinou recolhê-lo imediatamente à Casa Verde: deu-lhe, todavia, um dos melhores cubículos.

Os alienados foram alojados por classes. Fez-se uma galeria de modestos, isto é, os loucos em quem predominava esta perfeição moral; outra de tolerantes, outra de verídicos, outra de símplices, outra de leais, outra de magnânimos, outra de sagazes, outra de sinceros, etc. Naturalmente, as famílias e os amigos dos reclusos bradavam contra a teoria; e alguns tentaram compelir a câmara a cassar a licença. A câmara, porém, não esquecera a linguagem do vereador Galvão, e se cassasse a licença, vê-lo-ia na rua, e restituído ao lugar; pelo que, recusou. Simão Bacamarte oficiou aos vereadores, não agradecendo, mas felicitando-os por esse ato de vingança pessoal.

Desenganados da legalidade, alguns principais da vila recorreram secretamente ao barbeiro Porfírio e afiançaram-lhe todo o apoio de gente, dinheiro e influência na corte, se ele se pusesse à testa de outro movimento contra a câmara e o alienista. O barbeiro respondeu-lhes que não; que a ambição o levara da primeira vez a transgredir as leis, mas que ele se emendara, reconhecendo o erro próprio e a pouca consistência da opinião dos seus mesmos sequazes; que a câmara entendera autorizar a nova experiência do alienista, por um ano: cumpria, ou esperar o fim do prazo, ou requerer ao vice-rei, caso a mesma câmara rejeitasse o pedido. Jamais aconselharia o emprego de um recurso que ele viu falhar em suas mãos, e isso a troco de mortes e ferimentos que seriam o seu eterno remorso.

— O que é que está me dizendo? perguntou o alienista quando um agente secreto lhe contou a conversação do barbeiro com os principais da vila.

Dois dias depois o barbeiro era recolhido à Casa Verde. — Preso por ter cão, preso por não ter cão! exclamou o infeliz.

Chegou o fim do prazo, a câmara autorizou um prazo suplementar de seis meses para ensaio dos meios terapêuticos. O desfecho deste episódio da crônica itaguaiense é de tal ordem, e tão inesperado, que merecia nada menos de dez capítulos de exposição; mas contento-me com um, que será o remate da narrativa, e um dos mais belos exemplos de convicção científica e abnegação humana.

XIII. Plus ultra!

Era a vez da terapêutica. Simão Bacamarte, ativo e sagaz em descobrir enfermos, excedeu-se ainda na diligência e penetração com que principiou a tratá-los. Neste ponto todos os cronistas estão de pleno acordo: o ilustre alienista fez curas pasmosas, que excitaram a mais viva admiração em Itaguaí.

Com efeito, era difícil imaginar mais racional sistema terapêutico. Estando os loucos divididos por classes, segundo a perfeição moral que em cada um deles excedia às outras, Simão Bacamarte cuidou de atacar de frente a qualidade predominante. Suponhamos um modesto. Ele aplicava a medicação que pudesse incutir-lhe o sentimento oposto; e não ia logo às doses máximas, — graduava-as, conforme o estado, a idade, o temperamento, a posição social do enfermo. Às vezes bastava uma casaca, uma fita, uma cabeleira, uma bengala para restituir a razão ao alienado; em outros casos a moléstia era mais rebelde; recorria então aos anéis de brilhantes, às distinções honoríficas, etc. Houve um doente, poeta, que resistiu a tudo. Simão Bacamarte começava a desesperar da cura, quando teve idéia de mandar correr matraca, para o fim de o apregoar como um rival de Garção e de Píndaro.

— Foi um santo remédio, contava a mãe do infeliz a uma comadre; foi um santo remédio.

Outro doente, também modesto, opôs a mesma rebeldia à medicação; mas, não sendo escritor (mal sabia assinar o nome), não se lhe podia aplicar o remédio da matraca. Simão Bacamarte lembrou-se de pedir para ele o lugar de secretário da Academia dos Encobertos estabelecida em Itaguaí. Os lugares de presidente e secretários eram de nomeação régia, por especial graça do finado rei Dom João V, e implicavam o tratamento de Excelência e o uso de uma placa de ouro no chapéu. O governo de Lisboa recusou o diploma; mas representando o alienista que o não pedia como prêmio honorífico ou distinção legítima, e somente como um meio terapêutico para um caso difícil, o governo cedeu excepcionalmente à súplica; e ainda assim não o fez sem extraordinário esforço do ministro de marinha e ultramar, que vinha a ser primo do alienado. Foi outro santo remédio.

— Realmente, é admirável! dizia-se nas ruas, ao ver a expressão sadia e enfunada dos dois ex-dementes.

Tal era o sistema. Imagina-se o resto. Cada beleza moral ou mental era atacada no ponto em que a perfeição parecia mais sólida; e o efeito era certo. Nem sempre era certo. Casos houve em que a qualidade predominante resistia a tudo; então, o alienista atacava outra parte, aplicando à terapêutica o método da estratégia militar, que toma uma fortaleza por um ponto, se por outro o não pode conseguir.

No fim de cinco meses e meio estava vazia a Casa Verde; todos curados! O vereador Galvão, tão cruelmente afligido de moderação e eqüidade, teve a felicidade de perder um tio; digo felicidade, porque o tio deixou um testamento ambíguo, e ele obteve uma boa interpretação, corrompendo os juízes, e embaçando os outros herdeiros. A sinceridade do alienista manifestou-se neste lance; confessou ingenuamente que não teve parte na cura: foi a simples *vis medicatrix* da natureza. Não aconteceu o mesmo com o padre Lopes. Sabendo o alienista que ele ignorava perfeitamente o hebraico e o grego, incumbiu-o de fazer uma análise crítica da versão dos Setenta; o padre aceitou a incumbência, e em boa hora o fez; ao cabo de dois meses possuía um livro e a liberdade. Quanto à senhora do boticário, não ficou muito tempo na célula que lhe coube, e onde aliás lhe não faltaram carinhos.

— Por que é que o Crispim não vem visitar-me? dizia ela todos os dias.

Respondiam-lhe ora uma coisa, ora outra; afinal disseram-lhe a verdade inteira. A digna matrona não pôde conter a indignação e a vergonha. Nas explosões da cólera escaparam-lhe expressões soltas e vagas, como estas:

— Tratante!... velhaco!... ingrato!... Um patife que tem feito casas à custa de ungüentos falsificados e podres... Ah! tratante!...

Simão Bacamarte advertiu que, ainda quando não fosse verdadeira a acusação contida nestas palavras, bastavam elas para mostrar que a excelente senhora estava enfim restituída ao perfeito desequilíbrio das faculdades; e prontamente lhe deu alta.

Agora, se imaginais que o alienista ficou radiante ao ver sair o último hóspede da Casa Verde, mostrais com isso que ainda não conheceis o nosso homem. *Plus Ultra!* era a sua divisa. Não lhe bastava ter descoberto a teoria verdadeira da loucura; não o contentava ter estabelecido em Itaguaí o reinado da razão. *Plus ultra!* Não ficou alegre, ficou preocupado, cogitativo; alguma coisa lhe dizia que a teoria nova tinha, em si mesma, outra e novíssima teoria.

— Vejamos, pensava ele; vejamos se chego enfim à última verdade.

Dizia isto, passeando ao longo da vasta sala, onde fulgurava a mais rica biblioteca dos domínios ultramarinos de Sua Majestade. Um amplo chambre de damasco, preso à cintura por um cordão de seda, com borlas de ouro (presente de uma Universidade) envolvia o corpo majestoso e austero do ilustre alienista. A cabeleira cobria-lhe uma extensa e nobre calva adquirida nas cogitações quotidianas da ciência. Os pés, não delgados e femininos, não graúdos e mariolas, mas proporcionados ao vulto, eram resguardados por um par de sapatos cujas fivelas não passavam de simples e modesto latão. Vede a diferença: — só se lhe notava luxo naquilo que era de origem científica; o que propriamente vinha dele trazia a cor da moderação e da singeleza, virtudes tão ajustadas à pessoa de um sábio.

Era assim que ele ia, o grande alienista, de um cabo a outro da vasta biblioteca, metido em si mesmo, estranho a todas as coisas que não fosse o tenebroso problema da patologia cerebral. Súbito, parou. Em pé, diante de uma janela, com o cotovelo esquerdo apoiado na mão direita, aberta, e o queixo na mão esquerda, fechada, perguntou ele a si:

— Mas deveras estariam eles doidos, e foram curados por mim, — ou o que pareceu cura, não foi mais do que a descoberta do perfeito desequilíbrio do cérebro?

E cavando por aí abaixo, eis o resultado a que chegou: os cérebros bem organizados que ele acabava de curar, eram tão desequilibrados como os outros. Sim, dizia ele consigo, eu não posso ter a pretensão de haver-lhes incutido um sentimento ou uma faculdade nova; uma e outra coisa existiam no estado latente, mas existiam.

Chegado a esta conclusão, o ilustre alienista teve duas sensações contrárias, uma de gozo, outra de abatimento. A de gozo foi por ver que, ao cabo de longas e pacientes investigações, constantes trabalhos, luta ingente com o povo, podia afirmar esta verdade: — não havia loucos em Itaguaí; Itaguaí não possuía um só mentecapto. Mas tão depressa esta idéia lhe refrescara a alma, outra apareceu que neutralizou o primeiro efeito; foi a idéia da dúvida. Pois quê! Itaguaí não possuiria um único cérebro concertado? Esta conclusão tão absoluta, não seria por isso mesmo errônea, e não vinha, portanto, destruir o largo e majestoso edifício da nova doutrina psicológica?

A aflição do egrégio Simão Bacamarte é definida pelos cronistas itaguaienses como uma das mais medonhas tempestades morais que têm desabado sobre o homem. Mas as tempestades só aterram os fracos; os fortes enrijam-se contra elas e fitam o trovão. Vinte minutos depois alumiou-se a fisionomia do alienista de uma suave claridade.

— Sim, há de ser isso, pensou ele.

Isso é isto. Simão Bacamarte achou em si os característicos do perfeito equilíbrio mental e moral; pareceu-lhe que possuía a sagacidade, a paciência, a perseverança, a tolerância, a veracidade, o vigor moral, a lealdade, todas as qualidades enfim que podem formar um acabado mentecapto. Duvidou logo, é certo, e chegou mesmo a concluir que era ilusão; mas, sendo homem prudente, resolveu convocar um conselho de amigos, a quem interrogou com franqueza. A opinião foi afirmativa.

— Nenhum defeito?

— Nenhum, disse em coro a assembléia.
— Nenhum vício?
— Nada.
— Tudo perfeito?
— Tudo.
— Não, impossível, bradou o alienista. Digo que não sinto em mim esta superioridade que acabo de ver definir com tanta magnificência. A simpatia é que vos faz falar. Estudo-me e nada acho que justifique os excessos da vossa bondade.

A assembléia insistiu; o alienista resistiu; finalmente o padre Lopes explicou tudo com este conceito digno de um observador:

— Sabe a razão por que não vê as suas elevadas qualidades, que aliás todos nós admiramos? É porque tem ainda uma qualidade que realça as outras: — a modéstia.

Era decisivo. Simão Bacamarte curvou a cabeça juntamente alegre e triste, e ainda mais alegre do que triste. Ato contínuo, recolheu-se à Casa Verde. Em vão a mulher e os amigos lhe disseram que ficasse, que estava perfeitamente são e equilibrado: nem rogos nem sugestões nem lágrimas o detiveram um só instante.

— A questão é científica, dizia ele; trata-se de uma doutrina nova, cujo primeiro exemplo sou eu. Reúno em mim mesmo a teoria e a prática.

— Simão! Simão! meu amor! dizia-lhe a esposa com o rosto lavado em lágrimas.

Mas o ilustre médico, com os olhos acesos da convicção científica, trancou os ouvidos à saudade da mulher, e brandamente a repeliu. Fechada a porta da Casa Verde, entregou-se ao estudo e à cura de si mesmo. Dizem os cronistas que ele morreu dali a dezessete meses, no mesmo estado em que entrou, sem ter podido alcançar nada. Alguns chegam ao ponto de conjecturar que nunca houve outro louco, além dele, em Itaguaí; mas esta opinião, fundada em um boato que correu desde que o alienista expirou, não tem outra prova, senão o boato; e boato duvidoso, pois é atribuído ao padre Lopes, que com tanto fogo realçara as qualidades do grande homem. Seja como for, efetuou-se o enterro com muita pompa e rara solenidade.

* * *

Verba testamentária[1]

"...Item, é minha última vontade que o caixão em que o meu corpo houver de ser enterrado, seja fabricado em casa de Joaquim Soares, à Rua da Alfândega. Desejo que ele tenha conhecimento desta disposição, que também será pública. Joaquim Soares não me conhece; mas é digno da distinção, por ser dos nossos melhores artistas, e um dos homens mais honrados da nossa terra..."

Cumpriu-se à risca esta verba testamentária. Joaquim Soares fez o caixão em que foi metido o corpo do pobre Nicolau B. de C.; fabricou-o ele mesmo, *con amore*; e, no fim, por um movimento cordial, pediu licença para não receber nenhuma remuneração. Estava pago; o favor do defunto era em si mesmo um prêmio insigne. Só desejava uma coisa: a cópia autêntica da verba. Deram-lha; ele mandou-a encaixilhar e pendurar de um prego, na loja. Os outros fabricantes de caixões, passado o assombro, clamaram que o testamento era um despropósito. Felizmente, — e esta é uma das vantagens do estado social, — felizmente, todas as demais classes acharam que aquela mão,

---
1. Publicado em *Gazeta de Notícias* (08-10-1882). Reunido pelo autor em *Papéis Avulsos* (1882).

saindo do abismo para abençoar a obra de um operário modesto, praticara uma ação rara e magnânima. Era em 1855; a população estava mais conchegada; não se falou de outra coisa. O nome do Nicolau reboou por muitos dias na imprensa da corte, donde passou à das províncias. Mas a vida universal é tão variada, os sucessos acumulam-se em tanta multidão, e com tal presteza, e, finalmente, a memória dos homens é tão frágil, que um dia chegou em que a ação de Nicolau mergulhou de todo no olvido.

Não venho restaurá-la. Esquecer é uma necessidade. A vida é uma lousa, em que o destino, para escrever um novo caso, precisa apagar o caso escrito. Obra de lápis e esponja. Não, não venho restaurá-la. Há milhares de ações tão bonitas, ou ainda mais bonitas do que a do Nicolau, e comidas do esquecimento. Venho dizer que a verba testamentária não é um efeito sem causa; venho mostrar uma das maiores curiosidades mórbidas deste século.

Sim, leitor amado, vamos entrar em plena patologia. Esse menino que aí vês, nos fins do século passado (em 1855, quando morreu, tinha o Nicolau sessenta e oito anos), esse menino não é um produto são, não é um organismo perfeito. Ao contrário, desde os mais tenros anos, manifestou por atos reiterados que há nele algum vício interior, alguma falha orgânica. Não se pode explicar de outro modo a obstinação com que ele corre a destruir os brinquedos dos outros meninos, não digo os que são iguais aos dele, ou ainda inferiores, mas os que são melhores ou mais ricos. Menos ainda se compreende que, nos casos em que o brinquedo é único, ou somente raro, o jovem Nicolau console a vítima com dois ou três pontapés; nunca menos de um. Tudo isso é obscuro. Culpa do pai não pode ser. O pai era um honrado negociante ou comissário (a maior parte das pessoas a que aqui se dá o nome de comerciantes, dizia o marquês de Lavradio, nada mais são que uns simples comissários), que viveu com certo luzimento, no último quartel do século, homem ríspido, austero, que admoestava o filho, e, sendo necessário, castigava-o. Mas nem admoestações, nem castigos, valiam nada. O impulso interior do Nicolau era mais eficaz do que todos os bastões paternos; e, uma ou duas vezes por semana, o pequeno reincidia no mesmo delito. Os desgostos da família eram profundos. Deu-se mesmo um caso, que, por suas gravíssimas conseqüências, merece ser contado.

O vice-rei, que era então o conde de Resende, andava preocupado com a necessidade de construir um cais na Praia de D. Manuel. Isto, que seria hoje um simples episódio municipal, era naquele tempo, atentas as proporções escassas da cidade, uma empresa importante. Mas o vice-rei não tinha recursos; o cofre público mal podia acudir às urgências ordinárias. Homem de estado, e provavelmente filósofo, engendrou um expediente não menos suave que profícuo: distribuir, a troco de donativos pecuniários, postos de capitão, tenente e alferes. Divulgada a resolução, entendeu o pai do Nicolau que era ocasião de figurar, sem perigo, na galeria militar do século, ao mesmo tempo que desmentia uma doutrina bramânica. Com efeito, está nas leis de Manu, que dos braços de Brama nasceram os guerreiros, e do ventre os agricultores e comerciantes; o pai do Nicolau, adquirindo o despacho de capitão, corrigia esse ponto da anatomia gentílica. O outro comerciante, que com ele competia em tudo, embora familiares e amigos, apenas teve notícia do despacho, foi também levar a sua pedra ao cais. Desgraçadamente, o despeito de ter ficado atrás alguns dias, sugeriu-lhe um arbítrio de mau gosto e, no nosso caso, funesto; foi assim que ele pediu ao vice-rei outro posto de oficial do cais (tal era o nome dado aos agraciados por aquele motivo) para um filho de sete anos. O vice-rei hesitou; mas o pretendente, além de duplicar o donativo, meteu grandes empenhos, e o menino saiu nomeado alferes. Tudo correu em segredo; o pai de Nicolau só teve notícia do caso no domingo próximo, na igreja do Carmo, ao ver os dois, pai e filho, vindo o menino com uma fardinha, que, por galanteria, lhe meteram no corpo. Nicolau, que também ali estava, fez-se lívido; depois, num ímpeto, atirou-se sobre o jovem alferes e rasgou-lhe a farda, antes que os pais pudessem acudir. Um escândalo. O rebuliço do povo, a indignação dos devotos, as queixas do agredido, interromperam por alguns instantes as cerimônias eclesiásticas. Os pais trocaram algumas palavras acerbas, fora, no adro, e ficaram brigados para todo o sempre.

— Este rapaz há de ser a nossa desgraça! bradava o pai de Nicolau, em casa, depois do episódio.

Nicolau apanhou então muita pancada, curtiu muita dor, chorou, soluçou; mas de emenda coisa nenhuma. Os brinquedos dos outros meninos não ficaram menos expostos. O mesmo passou a acontecer às roupas. Os meninos mais ricos do bairro não saíam fora senão com as mais modestas vestimentas caseiras, único modo de escapar às unhas de Nicolau. Com o andar do tempo, estendeu ele a aversão às próprias caras, quando eram bonitas, ou tidas como tais. A rua em que ele residia, contava um sem-número de caras quebradas, arranhadas, conspurcadas. As coisas chegaram a tal ponto, que o pai resolveu trancá-lo em casa durante uns três ou quatro meses. Foi um paliativo, e, como tal, excelente. Enquanto durou a reclusão, Nicolau mostrou-se nada menos que angélico; fora daquele sestro mórbido, era meigo, dócil, obediente, amigo da família, pontual nas rezas. No fim dos quatro meses, o pai soltou-o; era tempo de o meter com um professor de leitura e gramática.

— Deixe-o comigo, disse o professor; deixe-o comigo, e com esta (apontava para a palmatória)... Com esta, é duvidoso que ele tenha vontade de maltratar os companheiros.

Frívolo! três vezes frívolo professor! Sim, não há dúvida, que ele conseguiu poupar os meninos bonitos e as roupas vistosas, castigando as primeiras investidas do pobre Nicolau; mas em que é que este sarou da moléstia? Ao contrário, obrigado a conter-se, a engolir o impulso, padecia dobrado, fazia-se mais lívido, com reflexo de verde bronze; em certos casos, era compelido a voltar os olhos ou fechá-los, para não arrebentar, dizia ele. Por outro lado, se deixou de perseguir os mais graciosos ou melhor adornados, não perdoou aos que se mostravam mais adiantados no estudo; espancava-os, tirava-lhes os livros, e lançava-os fora, nas praias ou no mangue. Rixas, sangue, ódios, tais eram os frutos da vida, para ele, além das dores cruéis que padecia, e que a família teimava em não entender. Se acrescentarmos que ele não pôde estudar nada seguidamente, mas a trancos, e mal, como os vagabundos comem, nada fixo, nada metódico, teremos visto algumas das dolorosas conseqüências do fato mórbido, oculto e desconhecido. O pai, que sonhava para o filho a Universidade vendo-se obrigado a estrangular mais essa ilusão, esteve prestes a amaldiçoá-lo; foi a mãe que o salvou.

Saiu um século, entrou outro, sem desaparecer a lesão do Nicolau. Morreu-lhe o pai em 1807 e a mãe em 1809; a irmã casou com um médico holandês, treze meses depois. Nicolau passou a viver só. Tinha vinte e três anos; era um dos petimetres da cidade, mas um singular petimetre, que não podia encarar nenhum outro, ou fosse mais gentil de feições, ou portador de algum colete especial sem padecer uma dor violenta, tão violenta, que o obrigava às vezes a trincar o beiço até deitar sangue. Tinha ocasiões de cambalear; outras de escorrer-lhe pelo canto da boca um fio quase imperceptível de espuma. E o resto não era menos cruel. Nicolau ficava então ríspido; em casa achava tudo mau, tudo incômodo, tudo nauseabundo; feria a cabeça aos escravos com os pratos, que iam partir-se também, e perseguia os cães, a pontapés; não sossegava dez minutos, não comia, ou comia mal. Enfim dormia; e ainda bem que dormia. O sono reparava tudo. Acordava lhano e meigo, alma de patriarca, beijando os cães entre as orelhas, deixando-se lamber por eles, dando-lhes do melhor que tinha, chamando aos escravos as coisas mais familiares e ternas. E tudo, cães e escravos, esqueciam as pancadas da véspera, e acudiam às vozes dele obedientes, namorados, como se este fosse o verdadeiro senhor, e não o outro.

Um dia, estando ele em casa da irmã, perguntou-lhe esta por que motivo não adotava uma carreira qualquer, alguma coisa em que se ocupasse, e...

— Tens razão, vou ver, disse ele.

Interveio o cunhado e opinou por um emprego na diplomacia. O cunhado principiava a desconfiar de alguma doença e supunha que a mudança de clima bastava a restabelecê-lo. Nicolau arranjou uma carta de apresentação, e foi ter com o ministro de estrangeiros. Achou-o rodeado de alguns oficiais da secretaria, prestes a ir ao paço, levar a notícia da segunda queda de Napoleão, notícia que chegara alguns minutos antes. A figura do ministro, as circunstâncias do momento, as reverências dos oficiais, tudo isso deu um tal rebate ao coração do Nicolau, que ele não pôde encarar o ministro. Teimou, seis ou oito vezes, em levantar os olhos, e da única em que o conseguiu fizeram-se-lhe tão vesgos, que não via ninguém, ou só uma sombra, um vulto, que lhe doía nas pupilas ao mesmo tempo que a face ia ficando verde. Nicolau recuou, estendeu a mão trêmula ao reposteiro, e fugiu.

— Não quero ser nada! disse ele à irmã, chegando a casa; fico com vocês e os meus amigos.

Os amigos eram os rapazes mais antipáticos da cidade, vulgares e ínfimos. Nicolau escolhera-os de propósito. Viver segregado dos principais era para ele um grande sacrifício; mas, como teria de padecer muito mais vivendo com eles, tragava a situação. Isto prova que ele tinha um certo conhecimento empírico do mal e do paliativo. A verdade é que, com esses companheiros, desapareciam todas as perturbações fisiológicas do Nicolau. Ele fitava-os sem lividez, sem olhos vesgos, sem cambalear, sem nada. Além disso, não só eles lhe poupavam a natural irritabilidade, como porfiavam em tornar-lhe a vida, senão deliciosa, tranqüila; e para isso, diziam-lhe as maiores finezas do mundo, em atitudes cativas, ou com uma certa familiaridade inferior. Nicolau amava em geral as naturezas subalternas, como os doentes amam a droga que lhes restitui a saúde; acariciava-as paternalmente, dava-lhes o louvor abundante e cordial, emprestava-lhes dinheiro, distribuía-lhes mimos, abria-lhes a alma...

Veio o grito do Ipiranga; Nicolau meteu-se na política. Em 1823 vamos achá-lo na Constituinte. Não há que dizer ao modo por que ele cumpriu os deveres do cargo. Íntegro, desinteressado, patriota, não exerca de graça essas virtudes públicas, mas à custa de muita tempestade moral. Pode-se dizer, metaforicamente, que a freqüência da câmara custava-lhe sangue precioso. Não era só porque os debates lhe pareciam insuportáveis, mas também porque lhe era difícil encarar certos homens, especialmente em certos dias. Montezuma, por exemplo, parecia-lhe balofo, Vergueiro, maçudo, os Andradas, execráveis. Cada discurso, não só dos principais oradores, mas dos secundários, era para o Nicolau verdadeiro suplício. E, não obstante, firme, pontual. Nunca a votação o achou ausente; nunca o nome dele soou sem eco pela augusta sala. Qualquer que fosse o seu desespero, sabia conter-se e pôr a idéia da pátria acima do alívio próprio. Talvez aplaudisse *in petto* o decreto da dissolução. Não afirmo; mas há bons fundamentos para crer que o Nicolau, apesar das mostras exteriores, gostou de ver dissolvida a assembléia. E se essa conjectura é verdadeira, não menos o será esta outra: — que a deportação de alguns dos chefes constituintes, declarados inimigos públicos, veio aguar-lhe aquele prazer. Nicolau, que padecera com os discursos deles, não menos padeceu com o exílio, posto lhes desse um certo relevo. Se ele também fosse exilado!

— Você podia casar, mano, disse-lhe a irmã.
— Não tenho noiva.
— Arranjo-lhe uma. Valeu?

Era um plano do marido. Na opinião deste, a moléstia do Nicolau estava descoberta; era um verme do baço, que se nutria da dor do paciente, isto é, de uma secreção especial, produzida pela vista de alguns fatos, situações ou pessoas. A questão era matar o verme; mas, não conhecendo nenhuma substância química própria a destruí-lo, restava o recurso de obstar à secreção, cuja ausência daria igual resultado. Portanto, urgia casar o Nicolau, com alguma moça bonita e prendada, separá-lo do povoado, metê-lo em alguma fazenda, para onde levaria a melhor baixela, os melhores trastes, os mais reles amigos, etc.

— Todas as manhãs, continuou ele, receberá o Nicolau um jornal que vou mandar imprimir com o único fim de lhe dizer as coisas mais agradáveis do mundo, e dizê-las nominalmente, recordando os seus modestos, mas profícuos trabalhos da Constituinte, e atribuindo-lhe muitas aventuras namoradas, agudezas de espírito, rasgos de coragem. Já falei ao almirante holandês para consentir que, de quando em quando, vá ter com Nicolau algum dos nossos oficiais dizer-lhe que não podia voltar para a Haia sem a honra de contemplar um cidadão tão eminente e simpático, em quem se reúnem qualidades raras, e, de ordinário, dispersas. Você, se puder alcançar de alguma modista, a Gudin, por exemplo, que ponha o nome de Nicolau em um chapéu ou mantelete, ajudará muito a cura de seu mano. Cartas amorosas anônimas, enviadas pelo correio, são um recurso eficaz... Mas comecemos pelo princípio, que é casá-lo.

Nunca um plano foi mais conscienciosamente executado. A noiva escolhida era a mais esbelta, ou uma das mais esbeltas da capital. Casou-os o próprio bispo. Recolhido à fazenda, foram com ele somente alguns de seus mais triviais amigos; fez-se o jornal, mandaram-se as cartas, peitaram-se as visitas. Durante três meses tudo caminhou às mil maravilhas. Mas a natureza, apostada em lograr o homem, mostrou ainda desta vez que ela possui segredos inopináveis. Um dos meios de agradar ao Nicolau era elogiar a beleza, a elegância e as virtudes da mulher; mas a moléstia caminhara, e o que parecia remédio excelente foi simples agravação do mal. Nicolau, ao fim de certo tempo, achava ociosos e excessivos tantos elogios à mulher, e bastava isto a impacientá-lo, e a impaciência a produzir-lhe a fatal secreção. Parece mesmo que chegou ao ponto de não poder encará-la muito tempo, e a encará-la mal; vieram algumas rixas, que seriam o princípio de uma separação, se ela não morresse daí a pouco. A dor do Nicolau foi profunda e verdadeira; mas a cura interrompeu-se logo, porque ele desceu ao Rio de Janeiro, onde o vamos achar, tempos depois, entre os revolucionários de 1831.

Conquanto pareça temerário dizer as causas que levaram o Nicolau para o Campo da Aclamação, na noite de 6 para 7 de abril, penso que não estará longe da verdade quem supuser que — foi o raciocínio de um ateniense célebre e anônimo. Tanto os que diziam bem, como os que diziam mal do imperador, tinham enchido as medidas ao Nicolau. Esse homem, que inspirava entusiasmos e ódios, cujo nome era repetido onde quer que o Nicolau estivesse, na rua, no teatro, nas casas alheias, tornou-se uma verdadeira perseguição mórbida, daí o fervor com que ele meteu a mão no movimento de 1831. A abdicação foi um alívio. Verdade é que a Regência o achou dentro de pouco tempo entre os seus adversários; e há quem afirme que ele se filiou ao partido caramuru ou restaurador, posto não ficasse prova do ato. O que é certo é que a vida pública do Nicolau cessou com a Maioridade.

A doença apoderara-se definitivamente do organismo. Nicolau ia, a pouco e pouco, recuando na solidão. Não podia fazer certas visitas, freqüentar certas casas. O teatro mal chegava a distraí-lo. Era tão melindroso o estado dos seus órgãos auditivos, que o ruído dos aplausos causava-lhe dores atrozes. O entusiasmo da população fluminense para com a famosa Candiani e a Meréia, mas a Candiani principalmente, cujo carro puxaram alguns braços humanos, obséquio tanto mais insigne quanto que o não fariam ao próprio Platão, esse entusiasmo foi uma das maiores mortificações do Nicolau. Ele chegou ao ponto de não ir mais ao teatro, de achar a Candiani insuportável, e preferir a *Norma* dos realejos à da prima-dona. Não era por exageração de patriota que ele gostava de ouvir o João Caetano, nos primeiros tempos; mas afinal deixou-o também, e quase que inteiramente os teatros.

— Está perdido! pensou o cunhado. Se pudéssemos dar-lhe um baço novo...

Como pensar em semelhante absurdo? Estava naturalmente perdido. Já não bastavam os recreios domésticos. As tarefas literárias a que se deu, versos de família, glosas a prêmio e odes políticas, não duraram muito tempo, e pode ser até que lhe dobrassem o mal. De fato, um dia, pareceu-lhe que essa ocupação era a coisa mais ridícula do mundo, e os aplausos ao Gonçalves Dias, por exemplo, deram-lhe idéia de um povo trivial e de mau gosto. Esse sentimento literário, fruto de uma lesão orgânica, reagiu sobre a mesma lesão, ao ponto de produzir graves crises, que o tiveram algum tempo na cama. O cunhado aproveitou o momento para desterrar-lhe da casa todos os livros de certo porte.

Explica-se menos o desalinho com que daí a meses começou a vestir-se. Educado com hábitos de elegância, era antigo freguês de um dos principais alfaiates da corte, o Plum, não passando um só dia em que não fosse pentear-se ao Desmarais e Gérard, *coiffeurs de la cour*, à Rua do Ouvidor. Parece que achou enfatuada esta denominação de cabeleireiros do paço, e castigou-os indo pentear-se a um barbeiro ínfimo. Quanto ao motivo que o levou a trocar de traje, repito que é inteiramente obscuro, e a não haver sugestão da idade, é inexplicável. A despedida do cozinheiro é outro enigma. Nicolau, por insinuação do cunhado, que o queria distrair, dava dois jantares por semana; e os convivas eram unânimes em achar que o cozinheiro dele primava sobre todos os da capital. Realmente os pratos eram bons, alguns ótimos, mas o elogio era um tanto enfático, excessivo, para o fim justamente de ser agradável ao Nicolau, e assim aconteceu algum tempo. Como entender, porém, que um domingo, acabado o jantar, que fora magnífico, despedisse ele um varão tão insigne, causa indireta de alguns dos seus mais deleitosos momentos na terra? Mistério impenetrável.

— Era um ladrão! foi a resposta que ele deu ao cunhado.

Nem os esforços deste nem os da irmã e dos amigos, nem os bens, nada melhorou o nosso triste Nicolau. A secreção do baço tornou-se perene, e o verme reproduziu-se aos milhões, teoria que não sei se é verdadeira, mas enfim era a do cunhado. Os últimos anos foram crudelíssimos. Quase se pode jurar que ele viveu então continuamente verde, irritado, olhos vesgos, padecendo consigo ainda muito mais do que fazia padecer aos outros. A menor ou maior coisa triturava-lhe os nervos: um bom discurso, um artista hábil, uma sege, uma gravata, um soneto, um dito, um sonho interessante, tudo dava de si uma crise.

Quis ele deixar-se morrer? Assim se poderia supor, ao ver a impassibilidade com que rejeitou os remédios dos principais médicos da corte; foi necessário recorrer à simulação, e dá-los, enfim, como receitados por um ignorantão do tempo. Mas era tarde. A morte levou-o ao cabo de duas semanas.

— Joaquim Soares? bradou atônito o cunhado, ao saber da verba testamentária do defunto, ordenando que o caixão fosse fabricado por aquele industrial. Mas os caixões desse sujeito não prestam para nada, e...

— Paciência! interrompeu a mulher; a vontade do mano há de cumprir-se.

* * *

A IDÉIA DO EZEQUIEL MAIA[1]

A IDÉIA DO EZEQUIEL MAIA era achar um mecanismo que lhe permitisse rasgar o véu ou revestimento ilusório que dá o aspecto material às coisas. Ezequiel era idealista. Negava abertamente a existência dos corpos. Corpo era uma ilusão do espírito, necessária aos fins práticos da vida, mas despida da menor parcela de realidade. Em vão os amigos lhe ofereciam finas viandas, mulheres deleitosas, e lhe pediam que negasse, se podia, a realidade de tão excelentes coisas. Ele lastimava, comendo, a ilusão da comida; lastimava-se a si mesmo, quando tinha ante si os braços magníficos de uma senhora. Tudo concepção do espírito; nada era nada. Esse mesmo nome de Maia não o tomou ele, senão como um símbolo. Primitivamente, chamava-se Nóbrega; mas achou que os hindus celebram uma deusa, mãe das ilusões, a que dão o nome de Maia, e tanto bastou para que trocasse por ele o apelido de família.

A opinião dos amigos e parentes era que este homem tinha o juízo a juros naquele banco invisível, que nunca paga os juros, e, quando pode, guarda o capital. Parece que sim; pare-

---

1. Publicado em *A Gazeta de Notícias* (30-03-1883).

ce também que ele não tocou de um salto o fundo do abismo, mas escorregando, indo de uma restauração da cabala para outra da astrologia, da astrologia à quiromancia, da quiromancia à charada, da charada ao espiritismo, do espiritismo ao niilismo idealista. Era inteligente e lido; formara-se em matemáticas, e os professores desta ciência diziam que ele a conhecia como gente.

Depois de largo cogitar, achou Ezequiel um meio: abstrair-se pelo nariz. Consistia em fincar os olhos na extremidade do nariz, à maneira do faquir, embotando a sensibilidade ao ponto de perder toda a consciência do mundo exterior. Cairia então o véu ilusório das coisas; entrar-se-ia no mundo exclusivo dos espíritos. Dito e feito. Ezequiel metia-se em casa, sentava-se na poltrona, com as mãos espalmadas nos joelhos, e os olhos na ponta do nariz. Pela afirmação dele, a abstração operava-se em vinte minutos, e poderia fazer-se mais cedo, se ele não tivesse o nariz tão extenso. A inconveniência de um nariz comprido é que o olhar, desde que transpusesse uma certa linha, exercia mais facilmente a miserável função ilusória. Vinte minutos, porém, era o prazo razoável de uma boa abstração. O Ezequiel ficava horas e horas, e às vezes dias e dias, sentado, sem se mexer, sem ver nem ouvir; e a família (um irmão e duas sobrinhas) preferia deixá-lo assim, a acordá-lo; não se cansaria, ao menos, na perpétua agitação do costume.

— Uma vez abstrato, dizia ele aos parentes e familiares, liberto-me da ilusão dos sentidos. A aparência da realidade extingue-se, como se não fosse mais do que um fumo sutil, evaporado pela substância das coisas. Não há então corpos; entesto com os espíritos, penetro-os, revolvo-os, congrego-me, transfundo-me neles. Não sonhaste a noite passada comigo, Micota?

— Sonhei, titio, mentia a sobrinha.

— Não era sonho; era eu mesmo que estava contigo; por sinal que me pedias as festas, e eu prometi-te um chapéu, um bonito chapéu enfeitado de plumas...

— Isso é verdade, acudia a sobrinha.

— Tudo verdade, Micota; mas a verdade única e verdadeira. Não há outra; não pode haver verdade contra verdade, assim como não há sol contra sol.

As experiências do Ezequiel repetiram-se durante seis meses. Nos dois primeiros meses, eram simples viagens universais; percorria o globo e os planetas dentro de poucos minutos, aniquilava os séculos, abrangia tudo, absorvia tudo, difundia-se em tudo. Saciou assim a primeira sede da abstração. No terceiro mês, começou uma série de excursões analíticas. Visitou primeiramente o espírito do padeiro da esquina, de um barbeiro, de um coronel, de um magistrado, vizinhos da mesma rua; passou depois ao resto da paróquia, do distrito e da capital, e recolheu quantidade de observações interessantes. No quarto mês empreendeu um estudo que lhe comeu cinqüenta e seis dias: achar a filiação das idéias, e remontar à primeira idéia do homem. Escreveu sobre este assunto uma extensa memória, em que provou a todas as luzes que a primeira idéia do homem foi o círculo, não sendo o homem simbolicamente outra coisa: — um círculo lógico, se o considerarmos na pura condição espiritual; e se o tomarmos com o invólucro material, um círculo vicioso. E exemplificava. As crianças brincam com arcos, fazem rodas umas com as outras; os legisladores parlamentares sentam-se geralmente em círculo, e as constantes alterações do poder, que tanta gente condena, não são mais do que uma necessidade fisiológica e política de fazer circular os homens. Que são a infância e a decrepitude, senão as duas pontas ligadas deste círculo da vida? Tudo isso lardeado de trechos latinos, gregos e hebraicos, verdadeiro pesadelo, fruto indigesto de uma inteligência pervertida. No sexto mês...

— Ah! meus amigos, o sexto mês é que me trouxe um achado sublime, uma solução ao problema do senso moral. Para os não cansar; restrinjo-me ao exame comparativo que fiz em dois indivíduos da nossa rua, o Neves do nº 25, e o Delgado. Sabem que eles ainda são parentes.

E aí começou o Ezequiel uma narração tão extraordinária, que os amigos não puderam ouvir sem algum interesse. Os dois vizinhos eram da mesma idade, mais ou menos, quarenta e tantos anos, casados, com filhos, sendo que o Neves liquidara o negócio desde algum tempo, e vivia das rendas, ao passo que o Delgado continuara o negócio, e justamente falira três semanas antes.

— Vocês lembram-se ter visto o Delgado entrar aqui em casa um dia muito triste?

Ninguém se lembrava, mas todos disseram que sim.

— Desconfiei do negócio, continuou o Ezequiel, abstraí-me, e fui direito a ele. Achei-lhe a consciência agitada, gemendo, contorcendo-se; perguntei-lhe o que era, se tinha praticado alguma morte, e respondeu-me que não; não praticara morte nem roubo, mas espancara a mulher, metera-lhe as mãos na cara, sem motivo, por um assomo de cólera. Cólera passageira, disse-lhe, e uma vez que façam as pazes... — Estão feitas, acudiu ele; Zeferina perdoou-me tudo, chorando; ah! doutor, é uma santa mulher! — E então? — Mas não posso esquecer que lhe dei, não me perdôo isto; sei que foi na cegueira da raiva, mas não posso perdoar-me, não posso. E a consciência tornou a doer-lhe, como a princípio, inquieta, convulsa. Dá cá aquele livro, Micota.

Micota trouxe-lhe o livro, um livro manuscrito, in folio, capa de couro escuro e lavrado. O Ezequiel abriu-o na página 140, onde o nome do Delgado estava escrito com esta nota: — "Este homem possui o senso moral". Escrevera a nota, logo depois daquele episódio; e todas as experiências futuras não vieram senão confirmar-lhe a primeira observação.

— Sim, ele tem o senso moral, continuou o Ezequiel. Vocês vão ver se me enganei. Dias depois, tendo-me abstraído, fui logo a ele, e achei-o na maior agitação. —Adivinho, disse-lhe; houve outra expansão muscular, outra correção... Não me respondeu nada; a consciência mordia-se toda, presa de um furor extraordinário. Como se apaziguasse de quando em quando, aproveitei os intervalos para teimar com ele. Disse-me então que jurara falso para salvar um amigo, ato de covardia e de impiedade. Para atenuá-lo, lembrava-se dos tormentos da véspera, da luta que sustentara antes de fazer a promessa de ir jurar falso; recordava também a amizade antiga ao interessado, os favores recebidos, uns de recomendação, outros de amparo, alguns de dinheiro; advertia na obrigação de retribuir os benefícios, na ridicularia de uma gratidão teórica, sentimental, e nada mais. Quando ele amontoava essas razões de justificação ou desculpa, é que a consciência parecia tranqüila; mas, de repente, todo o castelo voava a um piparote desta palavra: "Não devias ter jurado falso". E a consciência revolvia-se, frenética, desvairada, até que a própria fadiga lhe trazia algum descanso.

Ezequiel referiu ainda outros casos. Contou que o Delgado, por sugestões de momento, faltara algumas vezes à verdade, e que, a cada mentira, a consciência raivosa dava sopapos em si mesma. Enfim, teve o desastre comercial, e faliu. O sócio, para abrandar a inclemência dos fados, propôs-lhe um arranjo de escrituração. Delgado recusou a pés juntos; era roubar os credores, não devia fazê-lo. Debalde o sócio lhe demonstrava que não era roubar os credores, mas resguardar a família, coisa diferente. Delgado abanou a cabeça. Não e não; preferia ficar pobre, miserável, mas honrado; onde houvesse um recanto de cortiço e um pedaço de carne-seca, podia viver. Demais, tinha braços. Vieram as lágrimas da mulher, que lhe não pediu nada mas trouxe as lágrimas e os filhos. Nem ao menos as crianças vieram chorando; não, senhor; vieram alegres, rindo, pulando muito, sublinhando assim a crueldade da fortuna. E o sócio, ardilosamente ao ouvido: — Ora vamos; veja você se é lícito trair a confiança destes inocentes. Veja se... Delgado afrouxou e cedeu.

— Não, nunca me há de esquecer o que então se passou naquela consciência, continuou o Ezequiel; era um tumulto, um clamor, uma convulsão diabólica, um ranger de dentes, uma coisa única. O Delgado não ficava quieto três minutos; ia de um lado para outro, atônito, fugindo a si mesmo. Não dormiu nada a primeira noite. De manhã saiu para andar à toa; pensou em matar-se; chegou a entrar em uma casa de armas, à Rua dos Ourives, para comprar um revólver, mas advertiu que não tinha dinheiro, e retirou-se. Quis deixar-se esmagar por um carro. Quis enforcar-se com o lenço. Não pensava no código; por mais que o revolvesse, não achava lá a idéia da cadeia. Era o próprio delito que o atormentava. Ouvia vozes misteriosas que lhe davam o nome de falsário, de ladrão; e a consciência dizia-lhe que sim, que ele era um ladrão e um falsário. Às vezes pensava em comprar um bilhete de Espanha, tirar a sorte grande, convocar os credores, confessar tudo, e pagar-lhes integralmente, com juro, um juro alto, muito alto, para puni-lo do crime... Mas a consciência replicava logo que era um sofisma, que os credores seriam pagos, é verdade, mas só os credores. O ato ficava intacto. Queimasse ele os livros e dispersasse as cinzas ao vento, era a mesma coisa; o crime subsistia. Assim passou três noites, três noites cruéis, até que no quarto dia, de manhã, resolveu ir ter com o Neves e revelar-lhe tudo.

— Descanse, titio, disse-lhe uma das sobrinhas, assustada com o fulgor dos olhos do Ezequiel.

Mas o Ezequiel respondeu que não estava cansado, e contaria o resto.

O resto era estupendo. O Neves lia os jornais no terraço, quando o Delgado lhe apareceu. A fisionomia daquele era tão bondosa, a palavra com que o saudou — "Anda cá, Juca!" vinha tão impregnada da velha familiaridade, que o Delgado esmoreceu. Sentou-se ao pé dele, acanhado, sem força para lhe dizer nem lhe pedir nada, um conselho, ou, quando menos, uma consolação. Em que língua narraria o delito a um homem cuja vida era um modelo, cujo nome era um exemplo? Viveram juntos; sabia que a alma do Neves era como um céu imaculado, que só interrompia o azul para cravejá-lo de estrelas. Estas eram as boas palavras que ele costumava dizer aos amigos. Nenhuma ação que o desdourasse. Não espancara a mulher, não jurara falso, não emendara a escrituração, não mentiu, não enganou ninguém.

— Que tem você? perguntou o Neves.

— Vou contar-lhe uma coisa grave, explodiu o Delgado; peço-lhe desde já que me perdoe.

Contou-lhe tudo. O Neves, que a princípio o ouvira com algum medo, por ele lhe ter pedido perdão, depressa respirou; mas não deixou de reprovar a imprudência do Delgado. Realmente, onde tinha ele a cabeça para brincar assim com a cadeia? Era negócio grave; urgia abafá-lo, e, em todo caso, estar alerta. E recordava-lhe o conceito em que sempre teve o tal sócio. — "Você defendia-o então; e aí tem a bela prenda. Um maluco!" O Delgado, que trazia consigo o remorso, sentiu incutir-se-lhe o terror; e, em vez de um remédio, levou duas doenças.

"Justos céus! exclamou consigo o Ezequiel, dar-se-á que este Neves não tenha o senso moral?"

Não o deixou mais. Esquadrinhou-lhe a vida; talvez alguma ação do passado, alguma coisa... Nada; não achou nada. As reminiscências do Neves eram todas de uma vida regular, metódica, sem catástrofes, mas sem infrações. O Ezequiel estava atônito. Não podia conciliar tanta limpeza de costumes com a absoluta ausência de senso moral. A verdade, porém, é que o contraste existia. Ezequiel ainda advertiu na sutileza do fenômeno e na conveniência de verificá-lo bem. Dispôs-se a uma longa análise. Entrou a acompanhar o Neves a toda a parte, em casa, na rua, no teatro, acordado ou dormindo, de dia ou de noite.

O resultado era sempre o mesmo. A notícia de uma atrocidade deixava-o interiormente impassível; a de uma indignidade também. Se assinava qualquer petição (e nunca recusou nenhuma) contra um ato impuro ou cruel, era por uma razão de conveniência pública, a mesma que o levava a pagar para a Escola Politécnica, embora não soubesse matemáticas. Gostava de ler romances e de ir ao teatro; mas não entendia certos lances e expressões, certos movimentos de indignação, que atribuía a excessos de estilo. Ezequiel não lhe perdia os sonhos, que eram, às vezes, extraordinários. Este, por exemplo: sonhou que herdara as riquezas de um nababo, forjando ele mesmo o testamento e matando o testador. De manhã, ainda na cama, recordou todas as peripécias do sonho, com os olhos no teto, e soltou um suspiro.

Um dia, um fâmulo do Neves, andando na rua, viu cair uma carteira do bolso de um homem, que caminhava adiante dele, apanhou-a e guardou-a. De noite, porém, surgiu-lhe este caso de consciência: — se um *caído* era o mesmo que um *achado*. Referiu o negócio ao Neves, que lhe perguntou, antes de tudo, se o homem vira cair a carteira; sabendo que não, levantou os ombros. Mas, conquanto o fâmulo fosse grande amigo dele, o Neves arrependeu-se do gesto, e, no dia seguinte, recomendou-lhe a entrega da carteira; eis as circunstâncias do caso. Indo de *bond*, o condutor esqueceu-se de lhe pedir a passagem; Neves, que sabia o valor do dinheiro, saboreou mentalmente esses duzentos réis caídos; mas advertiu que algum passageiro poderia ter notado a falta, e, ostensivamente, por cima da cabeça de outros, deu a moeda ao condutor. Uma idéia traz outra; Neves lembrou-se que alguém podia ter visto cair a carteira e apanhá-la o fâmulo; foi a este, e compeliu-o a anunciar o achado. "A consideração pública, Bernardo, disse ele, é a carteira que nunca se deve perder."

Ezequiel notou que este adágio popular — ladrão que furta a ladrão tem cem anos de perdão — estava incrustado na consciência do Neves, e parecia até inventado por ele. Foi o único sentimento de horror ao crime, que lhe achou; mas, analisando-o, descobriu que não era senão um sentimento de desforra contra o segundo roubado, o aplauso do logro, uma consolação no prejuízo, um antegosto do castigo que deve receber todo aquele que mete a mão na algibeira dos outros.

Realmente, um tal contraste era de ensandecer ao homem mais ajuizado do universo. O Ezequiel fez essa mesma reflexão aos amigos e parentes; acrescentou que jurara aos seus deuses achar a razão do contraste, ou suicidar-se. Sim, ou morreria, ou daria ao mundo civilizado a explicação de um fenômeno tão estupendo como a contradição da consciência do Neves com as suas ações exteriores... Enquanto ele falava assim, os olhos chamejavam muito. Micota, a um sinal do pai, foi buscar à janela uma das quartinhas d'água, que ali estavam ao fresco, e trouxe-a a Ezequiel. Profundo Ezequiel! tudo entendeu, mas aceitou a água, bebeu dois ou três goles, e sorriu para a sobrinha. E continuou dizendo que sim, senhor, que acharia a razão, que a formularia em um livro de trezentas páginas...

— Trezentas páginas, estão ouvindo? Um livro grosso assim...

E estendia três dedos. Depois descreveu o livro. Trezentas páginas, com estampas, uma fotografia da consciência do Neves e outra das suas ações. Jurava que ia mandar o livro a todas as academias do universo, com esta conclusão em forma de epígrafe: "Há virtualmente um pequeno número de gatunos, que nunca furtaram um par de sapatos."

— Coitado! diziam os amigos descendo as escadas. Um homem de tanto talento!

* * *

O Lapso[1]

E vieram todos os oficiais... e o resto do povo, desde o pequeno até ao grande.
E disseram ao profeta Jeremias: Seja aceita a nossa súplica na tua presença.

JEREMIAS, XLII, 1, 2.

NÃO ME PERGUNTEM PELA FAMÍLIA do Dr. Jeremias Halma, nem o que é que ele veio fazer ao Rio de Janeiro, naquele ano de 1768, governando o Conde de Azambuja, que a princípio se disse o mandara buscar; esta versão durou pouco. Veio, ficou e morreu com o século. Posso afirmar que era médico e holandês. Viajara muito, sabia toda a química do tempo, e mais alguma; falava correntemente cinco ou seis línguas vivas e duas mortas. Era tão universal e inventivo, que dotou a poesia malaia com um novo metro, e engendrou uma teoria da formação dos diamantes. Não conto os melhoramentos terapêuticos e outras muitas coisas, que o recomendam à nossa admiração. Tudo isso, sem ser casmurro, nem orgulhoso. Ao contrário, a vida e

---

1. Publicado em *Gazeta de Notícias* (17-04-1883). Reunido pelo autor em *Histórias Sem Data* (1884).

a pessoa dele eram como a casa que um patrício lhe arranjou na Rua do Piolho, casa singelíssima, onde ele morreu pelo natal de 1799. Sim, o Dr. Jeremias era simples, lhano, modesto, tão modesto que... Mas isto seria transtornar a ordem de um conto. Vamos ao princípio.

No fim da Rua do Ouvidor, que ainda não era a via dolorosa dos maridos pobres, perto da antiga Rua dos Latoeiros, morava por esse tempo um tal Tomé Gonçalves, homem abastado, e, segundo algumas induções, vereador da câmara. Vereador ou não, este Tomé Gonçalves não tinha só dinheiro, tinha também dívidas, não poucas, nem todas recentes. O descuido podia explicar os seus atrasos, a velhacaria também; mas quem opinasse por uma ou outra dessas interpretações, mostraria que não sabe ler uma narração grave. Realmente, não valia a pena dar-se ninguém à tarefa de escrever algumas laudas de papel para dizer que houve, nos fins do século passado, um homem que, por velhacaria ou deleixo, deixava de pagar aos credores. A tradição afirma que este nosso concidadão era exato em todas as coisas, pontual nas obrigações mais vulgares, severo e até meticuloso. A verdade é que as ordens terceiras e irmandades que tinham a fortuna de o possuir (era irmão-remido de muitas, desde o tempo em que usava pagar), não lhe regateavam provas de afeição e apreço; e, se é certo que foi vereador, como tudo faz crer, pode-se jurar que o foi a contento da cidade.

Mas então...? Lá vou; nem é outra a matéria do escrito, senão esse curioso fenômeno, cuja causa, se a conhecemos, foi porque a descobriu o Dr. Jeremias. Em uma tarde de procissão, Tomé Gonçalves, trajando com o hábito de uma ordem terceira, ia segurando uma das varas do pálio, e caminhando com a placidez de um homem que não faz mal a ninguém. Nas janelas e ruas estavam muitos dos seus credores; dois, entretanto, na esquina do Beco das Cancelas (a procissão descia a Rua do Hospício), depois de ajoelhados, rezados, persignados e levantados, perguntaram um ao outro, se não era tempo de recorrer à justiça.

— Que é que me pode acontecer? dizia um deles. Se brigar comigo, melhor; não me levará mais nada de graça. Não brigando, não lhe posso negar o que me pedir, e na esperança de receber os atrasados, vou fiando... Não, senhor; não pode continuar assim.

— Pela minha parte, acudiu o outro, se ainda não fiz nada, é por causa da minha dona, que é medrosa, e entende que não devo brigar com pessoa tão importante... Mas eu como ou bebo da importância dos outros? E as minhas cabeleiras?

Este era um cabeleireiro da Rua da Vala, defronte da Sé, que vendera ao Tomé Gonçalves dez cabeleiras, em cinco anos, sem lhe haver nunca um real. O outro era alfaiate, e ainda maior credor que o primeiro. A procissão passara inteiramente; eles ficaram na esquina, ajustando o plano de mandar os meirinhos ao Tomé Gonçalves. O cabeleireiro advertiu que outros muitos credores só esperavam um sinal para cair em cima do devedor remisso; e o alfaiate lembrou a conveniência de meter na conjuração o Mata sapateiro, que vivia desesperado. Só a ele devia o Tomé Gonçalves mais de oitenta mil-réis. Nisso estavam, quando por trás deles ouviram uma voz, com sotaque estrangeiro, perguntando por que motivo conspiravam contra um homem doente. Voltaram-se, e, dando com o Dr. Jeremias, desbarretaram-se os dois credores, tomados de profunda veneração; em seguida disseram que tanto não era doente o devedor, que lá ia andando na procissão, muito teso, pegando uma das varas do pálio.

— Que tem isso? interrompeu o médico; ninguém lhes diz que está doente dos braços, nem das pernas...
— Do coração? do estômago?
— Nem coração, nem estômago, respondeu o Dr. Jeremias. E continuou, com muita doçura, que se tratava de negócios altamente especulativos, que não podia dizer ali, na rua, nem sabia mesmo se eles chegariam a entendê-lo. Se eu tiver de pentear uma cabeleira ou talhar um calção, — acrescentou para os não afligir, — é provável que não alcance as regras dos seus ofícios tão úteis, tão necessários ao Estado... Eh! eh! eh!

Rindo assim, amigavelmente, cortejou-os e foi andando. Os dois credores ficaram embasbacados. O cabeleireiro foi o primeiro que falou, dizendo que a notícia do Dr. Jeremias não era tal que os devesse afrouxar no propósito de cobrar as dívidas. Se até os mortos pagam, ou alguém por eles, reflexionou o cabeleireiro, não é muito exigir aos doentes igual obrigação. O alfaiate, invejoso da pilhéria, fê-la sua cosendo-lhe este babado: — Pague e cure-se.

Não foi dessa opinião o Mata sapateiro, que entendeu haver alguma razão secreta nas palavras do Dr. Jeremias, e propôs que primeiro se examinasse bem o que era, e depois se resolvesse o mais idôneo. Convidaram então outros credores a um conciliábulo, no domingo próximo, em casa de uma D. Aninha, para as bandas do Rocio, a pretexto de um batizado. A precaução era discreta, para não fazer supor ao intendente da polícia que se tratava de alguma tenebrosa maquinação contra o Estado. Mal anoiteceu, começaram a entrar os credores, embuçados em capotes, e, como iluminação pública só veio a principiar com o vice-reinado do Conde de Resende, levava cada qual uma lanterna na mão, ao uso do tempo, dando assim ao conciliábulo um rasgo pinturesco e teatral. Eram trinta e tantos, perto de quarenta — e não eram todos.

A teoria de Ch. Lamb acerca da divisão do gênero humano em duas grandes raças, é posterior ao conciliábulo do Rocio; mas nenhum outro exemplo a demonstraria melhor. Com efeito, o ar abatido ou aflito daqueles homens, o desespero de alguns, a preocupação de todos, estavam de antemão provando que a teoria do fino ensaísta é verdadeira, e que das duas grandes raças humanas, — a dos homens que emprestam, e a dos que pedem emprestado, — a primeira contrasta pela tristeza do gesto com as maneiras rasgadas e francas da segunda, *the open, trusting, generous manners of the other*. Assim que, naquela mesma hora, o Tomé Gonçalves, tendo voltado da procissão, regalava alguns amigos com os vinhos e galinhas que comprara fiado; ao passo que os credores estudavam às escondidas, com um ar desenganado e amarelo, algum meio de reaver o dinheiro perdido.

Longo foi o debate; nenhuma opinião chegava a concertar os espíritos. Uns inclinavam-se à demanda, outros à espera, não poucos aceitavam o alvitre de consultar o Dr. Jeremias. Cinco ou seis partidários deste parecer não o defendiam senão com a intenção secreta e disfarçada de não fazer coisa nenhuma; eram os servos do medo e da esperança. O cabeleireiro opunha-se-lhe, e perguntava que moléstia haveria que impedisse um homem de pagar o que deve. Mas o Mata sapateiro: — "Sr. compadre, nós não entendemos desses negócios; lembre-se que o doutor é estrangeiro, e que nas terras estrangeiras sabem coisas que nunca lembraram ao diabo. Em todo caso, só perdemos algum tempo e nada mais." Venceu este parecer; deputaram o sapateiro, o alfaiate e o cabeleireiro para entenderem-se com o Dr. Jeremias, em nome de todos, e o conciliábulo dissolveu-se na patuscada. Terpsícore bracejou e perneou diante deles as suas graças jucundas, e tanto bastou para que alguns esquecessem a úlcera secreta que os roía. *Eheu! fugaces...* Nem mesmo a dor é constante.

No dia seguinte o Dr. Jeremias recebeu os três credores, entre sete e oito horas da manhã. "Entrem, entrem..." E com o seu largo carão holandês, e o riso derramado pela boca fora, como um vinho generoso de pipa que se rompeu, o grande médico veio em pessoa abrir-lhes a porta. Estudava nesse momento uma cobra, morta de véspera, no morro de Santo Antônio; mas a humanidade, costumava ele dizer, é anterior à ciência. Convidou os três a sentarem-se nas três únicas cadeiras devolutas; a quarta era a dele; as outras, umas cinco ou seis, estavam atulhadas de objetos de toda a casta.

Foi o Mata sapateiro quem expôs a questão; era dos três o que reunia maior cópia de talentos diplomáticos. Começou dizendo que o engenho do "Sr. doutor" ia salvar da miséria uma porção de famílias, e não seria a primeira nem a última grande obra de um médico que, não desfazendo nos da terra, era o mais sábio de quantos cá havia desde o governo de Gomes Freire. Os credores de Tomé Gonçalves não tinham outra esperança. Sabendo que o "Sr. doutor" atribuía os atrasos daquele cidadão a uma doença, tinham assentado que primeiro se tentasse a cura, antes de qualquer recurso à justiça. A justiça ficaria para o caso de desespero. Era isto o que vinham dizer-lhe, em nome de dezenas de credores; desejavam saber se era verdade que, além de outros achaques humanos, havia o de não pagar as dívidas, se era mal incurável, e, não o sendo, se as lágrimas de tantas famílias...

— Há uma doença especial, interrompeu o Dr. Jeremias, visivelmente comovido, um lapso da memória; o Tomé Gonçalves perdeu inteiramente a noção de pagar. Não é por descuido, nem de propósito que ele deixa de saldar as contas; é porque esta idéia de pagar, de entregar o preço de uma coisa, varreu-se lhe da cabeça. Conheci isto há dois meses, estando em casa dele, quando ali foi o prior do Carmo, dizendo que ia "pagar-lhe a fineza de uma visita". Tomé Gonçalves, apenas o prior se despediu, perguntou-me o que era *pagar*; acrescentou que, alguns dias antes, um boticário lhe dissera a mesma palavra, sem nenhum outro esclarecimento, parecendo-lhe até que já a ouvira a outras pessoas; por ouvi-la da boca do prior, supunha ser latim. Compreendi tudo; tinha estudado a moléstia em várias partes do mundo, e compreendi que ele estava atacado do lapso. Foi por isso que disse outro dia a estes dois senhores que não demandassem um homem doente.

— Mas então, aventurou o Mata, pálido, o nosso dinheiro está completamente perdido...

— A moléstia não é incurável, disse o médico.

— Ah!

— Não é; conheço e possuo a droga curativa, e já a empreguei em dois grandes casos: — um barbeiro, que perdera a noção do espaço, e, à noite estendia a mão para arrancar as estrelas do céu, e uma senhora da Catalunha, que perdera a noção do marido. O barbeiro arriscou muitas vezes a vida, querendo sair pelas janelas mais altas das casas, como se estivesse ao rés-do-chão...

— Santo Deus! exclamaram os três credores.

— É o que lhes digo, continuou placidamente o médico. Quanto à dama catalã, a princípio confundia o marido com um licenciado Matias, alto e fino, quando o marido era grosso e baixo; depois com um capitão, D. Hermógenes, e, no tempo em que comecei a tratá-la, com um clérigo. Em três meses ficou boa. Chamava-se D. Agostinha.

Realmente, era uma droga miraculosa. Os três credores estavam radiantes de esperança; tudo fazia crer que o Tomé Gonçalves padecia do lapso, e, uma vez que a droga existia, e o médico a tinha em casa... Ah! mas aqui pegou o carro. O Dr. Jeremias não era familiar da casa do enfermo, embora entretivesse relações com ele; não podia ir oferecer-lhe os seus préstimos. Tomé Gonçalves não tinha parentes que tomassem a responsabilidade de convidar o médico, nem os credores podiam tomá-la a si. Mudos, perplexos, consultaram-se com os olhos. Os do alfaiate, como os do cabeleireiro, exprimiram este alvitre desesperado: cotizarem-se os credores, e, mediante uma quantia grossa e apetitosa, convidarem o Dr. Jeremias à cura; talvez o interesse... Mas o ilustre Mata viu o perigo de um tal propósito, porque o doente podia não ficar bom, e a perda seria dobrada. Grande era a angústia; tudo parecia perdido. O médico rolava entre os dedos a boceta de rapé, esperando que eles se fossem embora, não impaciente, mas risonho. Foi então que o Mata, como um capitão dos grandes dias, viu o ponto fraco do inimigo; advertiu que as suas primeiras palavras tinham comovido o médico, e tornou às lágrimas das famílias, aos filhos sem pão, porque eles não eram senão uns tristes oficiais de ofício ou mercadores de pouca fazenda, ao passo que o Tomé Gonçalves era rico. Sapatos, calções, capotes, xaropes, cabeleiras, tudo o que lhes custava dinheiro, tempo e saúde... Saúde, sim, senhor; os calos de suas mãos mostravam bem que o ofício era duro; e o alfaiate, seu amigo, que ali estava presente, e que entisicava, às noites, à luz de uma candeia, zás-que-darás, puxando a agulha...

Magnânimo Jeremias! Não o deixou acabar; tinha os olhos úmidos de lágrimas. O acanho de suas maneiras era compensado pelas expansões de um coração pio e humano. Pois, sim;

ia tentar o curativo, ia pôr a ciência ao serviço de uma causa justa. Demais, a vantagem era também e principalmente do próprio Tomé Gonçalves, cuja fama andava abocanhada, por um motivo em que ele tinha tanta culpa como o doido que pratica uma iniqüidade. Naturalmente, a alegria dos deputados traduziu-se em rapapés infindos e grandes louvores aos insignes merecimentos do médico. Este cortou-lhes modestamente o discurso, convidando-os a almoçar, obséquio que eles não aceitaram, mas agradeceram com palavras cordialíssimas. E, na rua, quando ele já os não podia ouvir, não se fartavam de elogiar-lhe a ciência, a bondade, a generosidade, a delicadeza, os modos tão simples! tão naturais!

Desde esse dia começou Tomé Gonçalves a notar a assiduidade do médico, e, não desejando outra coisa, porque lhe queria muito, fez tudo o que lhe lembrou por atá-lo de vez aos seus penates. O lapso do infeliz era completo; tanto a idéia de *pagar*, como as idéias correlatas de *credor*, *dívida*, *saldo*, e outras tinham-se-lhe apagado da memória, constituindo-lhe assim um largo furo no espírito. Temo que se me argua de comparações extraordinárias, mas o abismo de Pascal é o que mais prontamente vem ao bico da pena. Tomé Gonçalves tinha o abismo de Pascal, não ao lado, mas dentro de si mesmo, e tão profundo que cabiam nele mais de sessenta credores que se debatiam lá em baixo com o ranger de dentes da Escritura. Urgia extrair todos esses infelizes e entulhar o buraco.

Jeremias fez crer ao doente que andava abatido, e, para retemperá-lo, começou a aplicar-lhe a droga. Não bastava a droga; era mister um tratamento subsidiário, porque a cura operava-se de dois modos: — o modo geral e abstrato, restauração da idéia de pagar, com todas as noções correlatas — era a parte confiada à droga; e o modo particular e concreto, insinuação ou designação de uma certa dívida e de um certo credor — era a parte do médico. Suponhamos que o credor escolhido era o sapateiro. O médico levava o doente às lojas de sapatos, para assistir à compra e venda da mercadoria, e ver uma e muitas vezes a ação de pagar; falava de fabricação e venda dos sapatos no resto do mundo, cotejava os preços do calçado naquele ano de 1768 com o que tinha trinta ou quarenta anos antes; fazia com que o sapateiro fosse dez, vinte vezes à casa de Tomé Gonçalves levar a conta e pedir o dinheiro, e cem outros estratagemas. Assim com o alfaiate, o cabeleireiro, o segeiro, o boticário, um a um, levando mais tempo os primeiros, pela razão natural de estar a doença mais arraigada, e lucrando os últimos com o trabalho anterior, donde lhes vinha a compensação da demora.

Tudo foi pago. Não se descreve a alegria dos credores, não se transcrevem as bênçãos com que eles encheram o nome do Dr. Jeremias. "Sim, senhor, é um grande homem" bradavam em toda a parte. "Parece coisa de feitiçaria!", aventuravam as mulheres. Quanto ao Tomé Gonçalves, pasmado de tantas dívidas velhas, não se fartava de elogiar a longanimidade dos credores, censurando-os ao mesmo tempo pela acumulação.

— Agora, dizia-lhes, não quero contas de mais de oito dias.

— Nós é que lhe marcaremos o tempo, respondiam generosamente os credores.

Restava, entretanto, um credor. Esse era o mais recente, o próprio Dr. Jeremias, pelos honorários naquele serviço relevante. Mas, ai dele! a modéstia atou-lhe a língua. Tão expansivo era de coração, como acanhado de maneiras; e planeou três, cinco investidas, sem chegar a executar nada. E aliás era fácil: bastava insinuar-lhe a dívida pelo método usado em relação à dos outros; mas seria bonito? perguntava a si mesmo;

seria decente? etc., etc. E esperava, ia esperando. Para não parecer que se lhe metia à cara, entrou a rarear as visitas; mas o Tomé Gonçalves ia ao casebre da Rua do Piolho, e trazia-o a jantar, a cear, a falar de coisas estrangeiras, em que era muito curioso. Nada de pagar. Jeremias chegou a imaginar que os credores... Mas os credores, ainda quando pudesse passar-lhes pela cabeça a idéia de ir lembrar a dívida, não chegariam a fazê-lo, porque a supunham paga antes de todas. Era o que diziam uns aos outros, entre muitas fórmulas da sabedoria popular: — Mateus, primeiro os teus — A boa justiça começa por casa — Quem é tolo pede a Deus que o mate, etc. Tudo falso; a verdade é que o Tomé Gonçalves, no dia em que falecera, tinha um só credor no mundo: — o Dr. Jeremias.

Este, nos fins do século, chegara à canonização. — "Adeus, grande homem!" dizia-lhe o Mata, ex-sapateiro, em 1798, de dentro da sege, que o levava à missa dos carmelitas. E o outro, curvo de velhice, melancolicamente, olhando para os bicos dos pés: — Grande homem, mas pobre-diabo.

* * *

Conto Alexandrino[1]

Capítulo Primeiro — No mar

— O quê, meu caro Stroibus! Não, impossível. Nunca jamais ninguém acreditará que o sangue de rato, dado a beber a um homem, possa fazer do homem um ratoneiro.

— Em primeiro lugar, Pítias, tu omites uma condição: — é que o rato deve expirar debaixo do escalpelo, para que o sangue traga o seu princípio. Essa condição é essencial. Em segundo lugar, uma vez que me apontas o exemplo do rato, fica sabendo que já fiz com ele uma experiência, e cheguei a produzir um ladrão...

— Ladrão autêntico?

— Levou-me o manto, ao cabo de trinta dias, mas deixou-me a maior alegria do mundo: — a realidade da minha doutrina. Que perdi eu? um pouco de tecido grosso; e que lucrou o universo? a verdade imortal. Sim, meu caro Pítias; esta é a eterna verdade. Os elementos constitutivos do ratoneiro estão no sangue do rato, os do paciente no boi, os do arrojado na águia...

---

[1]. Publicado em *Gazeta de Notícias* (15-05-1883). Reunido pelo autor em *Histórias Sem Data* (1884).

— Os do sábio na coruja, interrompeu Pítias sorrindo.

— Não; a coruja é apenas um emblema; mas a aranha, se pudéssemos transferi-la a um homem, daria a esse homem os rudimentos da geometria e o sentimento musical. Com um bando de cegonhas, andorinhas ou grous, faço-te de um caseiro um viajeiro. O princípio da fidelidade conjugal está no sangue da rola, o da enfatuação no dos pavões... Em suma, os deuses puseram nos bichos da terra, da água e do ar a essência de todos os sentimentos e capacidades humanas. Os animais são as letras soltas do alfabeto; o homem é a sintaxe. Esta é a minha filosofia recente; esta é a que vou divulgar na corte do grande Ptolomeu.

Pítias sacudiu a cabeça, e fixou os olhos no mar. O navio singrava, em direitura a Alexandria, com essa carga preciosa de dois filósofos, que iam levar àquele regaço do saber os frutos da razão esclarecida. Eram amigos, viúvos e qüinquagenários. Cultivavam especialmente a metafísica, mas conheciam a física, a química, a medicina e a música; um deles, Stroibus, chegara a ser excelente anatomista, tendo lido muitas vezes os tratados do mestre Herófilo. Chipre era a pátria de ambos; mas, tão certo é que ninguém é profeta em sua terra, Chipre não dava o merecido respeito aos dois filósofos. Ao contrário, desdenhava-os; os garotos tocavam ao extremo de rir deles. Não foi esse, entretanto, o motivo que os levou a deixar a pátria. Um dia, Pítias, voltando de uma viagem, propôs ao amigo irem para Alexandria, onde as artes e as ciências eram grandemente honradas. Stroibus aderiu, e embarcaram. Só agora, depois de embarcados, é que o inventor da nova doutrina expô-la ao amigo, com todas as suas recentes cogitações e experiências.

— Está feito, disse Pítias, levantando a cabeça, não afirmo nem nego nada. Vou estudar a doutrina, e se a achar verdadeira, proponho-me a desenvolvê-la e divulgá-la.

— Viva Hélios! exclamou Stroibus. Posso contar que és meu discípulo.

Capítulo II — Experiência

Os garotos alexandrinos não trataram os dois sábios com o escárnio dos garotos cipriotas. A terra era grave como a íbis pousada numa só pata, pensativa como a esfinge, circunspecta como as múmias, dura como as pirâmides; não tinha tempo nem maneira de rir. Cidade e corte, que desde muito tinham notícia dos nossos dois amigos, fizeram-lhes um recebimento régio, mostraram conhecer os seus escritos, discutiram as suas idéias, mandaram-lhes muitos presentes, papiros, crocodilos, zebras, púrpuras. Eles, porém, recusaram tudo, com simplicidade, dizendo que a filosofia bastava ao filósofo, e que o supérfluo era um dissolvente. Tão nobre resposta encheu de admiração tanto aos sábios como aos principais e à mesma plebe. E aliás, diziam os mais sagazes, que outra coisa se podia esperar de dois homens tão sublimes, que em seus magníficos tratados...

— Temos coisa melhor do que esses tratados, interrompia Stroibus. Trago uma doutrina, que, em pouco, vai dominar o universo; cuido nada menos que em reconstituir os homens e os Estados, distribuindo os talentos e as virtudes.

— Não é esse o ofício dos deuses? objetava um.

— Eu violei o segredo dos deuses, acudia Stroibus. O homem é a sintaxe da natureza, eu descobri as leis da gramática divina...

— Explica-te.

— Mais tarde; deixa-me experimentar primeiro. Quando a minha doutrina estiver completa, divulgá-la-ei como a maior riqueza que os homens jamais poderão receber de um homem.

Imaginem a expectação pública e a curiosidade dos outros filósofos, embora incrédulos de que a verdade recente viesse aposentar as que eles mesmos possuíam. Entretanto, esperavam todos. Os dois hóspedes eram apontados na rua até pelas crianças. Um filho meditava trocar a avareza do pai, um pai a prodigalidade do filho, uma dama a frieza de um varão, um varão os desvarios de uma dama, porque o Egito, desde os Faraós até aos Lágides, era a terra de Putifar, da mulher de Putifar, da capa de José, e do resto. Stroibus tornou-se a esperança da cidade e do mundo.

Pítias, tendo estudado a doutrina, foi ter com Stroibus, e disse-lhe:

— Metafisicamente, a tua doutrina é um despropósito; mas estou pronto a admitir uma experiência, contanto que seja decisiva. Para isto, meu caro Stroibus, há só um meio. Tu e eu, tanto pelo cultivo de razão como pela rigidez do caráter, somos o que há mais oposto ao vício do furto. Pois bem, se conseguires incutir-nos esse vício, não será preciso mais; se não conseguires nada (e podes crê-lo, porque é um absurdo) recuarás de semelhante doutrina, e tornarás às nossas velhas meditações.

Stroibus aceitou a proposta.

— O meu sacrifício é o mais penoso, disse ele, pois estou certo do resultado; mas que não merece a verdade? A verdade é imortal; o homem é um breve momento...

Os ratos egípcios, se pudessem saber de um tal acordo, teriam imitado os primitivos hebreus, aceitando a fuga para o deserto, antes do que a nova filosofia. E podemos crer que seria um desastre. A ciência, como a guerra, tem necessidades imperiosas; e desde que a ignorância dos ratos, a sua fraqueza, a superioridade mental e física dos dois filósofos eram outras tantas vantagens na experiência que ia começar, cumpria não perder tão boa ocasião de saber se efetivamente o princípio das paixões e das virtudes humanas estava distribuído pelas várias espécies de animais, e se era possível transmiti-lo.

Stroibus engaiolava os ratos; depois, um a um, ia-os sujeitando ao ferro. Primeiro, atava uma tira de pano ao focinho do paciente; em seguida, os pés; finalmente, cingia com um cordel as pernas e o pescoço do animal à tábua da operação. Isto feito, dava o primeiro talho no peito, com vagar, e com vagar ia enterrando o ferro até tocar o coração, porque era opinião dele que a morte instantânea corrompia o sangue e retirava-lhe o princípio. Hábil anatomista, operava com uma firmeza digna do propósito científico. Outro, menos destro, interromperia muita vez a tarefa, porque as contorções de dor e de agonia tornavam difícil o meneio do escalpelo; mas essa era justamente a superioridade de Stroibus: tinha o pulso magistral e prático.

Ao lado dele, Pítias aparava o sangue e ajudava a obra, já contendo os movimentos convulsivos do paciente, já espiando-lhe nos olhos o progresso da agonia. As observações que ambos faziam eram notadas em folhas de papiro; e assim ganhava a ciência de duas maneiras. Às vezes, por divergência de apreciação, eram obrigados a escalpelar maior número de ratos do que o necessário; mas não perdiam com isso, porque o sangue dos excedentes era conservado e ingerido depois. Um só desses casos mostrará a consciência com que eles procediam. Pítias observara que a retina do rato agonizante mudava de cor até chegar ao azul claro, ao passo que a observação de Stroibus dava a cor de canela como o tom final da morte. Estavam na última operação do dia; mas o ponto valia a pena, e, não obstante o cansaço, fizeram sucessivamente dezenove experiências sem resultado definitivo; Pítias insistia pela cor azul, e Stroibus pela cor de canela. O vigésimo rato esteve prestes a pô-los de acordo, mas Stroibus advertiu, com muita sagacidade, que a sua posição era agora diferente, retificou-a e escalpelaram mais vinte e cinco. Destes, o primeiro ainda os deixou em dúvida; mas os outros vinte e quatro provaram-lhes que a cor final não era canela nem azul, mas um lírio roxo, tirando a claro.

A descrição exagerada das experimentações deu rebate à porção sentimental da cidade, e excitou a loqüela de alguns sofistas; mas o grave Stroibus (com brandura, para não agravar uma disposição própria da alma humana) respondeu que a verdade valia todos os ratos do universo, e não só os ratos, como os pavões, as cabras, os cães, os rouxinóis, etc.; que, em relação aos ratos, além de ganhar a ciência, ganhava a cidade, vendo diminuída a praga de um animal tão daninho; e, se a mesma consideração não se dava com outros animais, como, por exemplo, as rolas e os cães, que eles iam escalpelar daí a tempos, nem por isso os direitos da verdade eram menos imprescritíveis. A natureza não há de ser só a mesa de jantar, concluía em forma de aforismo, mas também a mesa da ciência.

E continuavam a extrair o sangue e a bebê-lo. Não o bebiam puro, mas diluído em um cozimento de cinamomo, suco de acácia e bálsamo, que lhe tirava todo o sabor primitivo. As doses eram diárias e diminutas; tinham, portanto, de aguardar um longo prazo antes de produzido o efeito. Pítias, impaciente e incrédulo, mofava do amigo.

— Então? nada?

— Espera, dizia o outro, espera. Não se incute um vício como se cose um par de sandálias.

Capítulo III — Vitória

Enfim, venceu Stroibus! A experiência provou a doutrina. E Pítias foi o primeiro que deu mostras da realidade do efeito, atribuindo-se umas três idéias ouvidas ao próprio Stroibus; este, em compensação, furtou-lhe quatro comparações e uma teoria dos ventos. Nada mais científico do que essas estréias. As idéias alheias, por isso mesmo que não foram compradas na esquina, trazem um certo ar comum; e é muito natural começar por elas antes de passar aos livros emprestados, às galinhas, aos papéis falsos, às províncias, etc. A própria denominação de plágio é um indício de que os homens compreendem a dificuldade de confundir esse embrião da ladroeira com a ladroeira formal.

Duro é dizê-lo; mas a verdade é que eles deitaram ao Nilo a bagagem metafísica, e dentro de pouco estavam larápios acabados. Concertavam-se de véspera, e iam aos mantos, aos bronzes, às ânforas de vinho, às mercadorias do porto, às boas dracmas. Como furtassem sem estrépito, ninguém dava por eles; mas, ainda mesmo que os suspeitassem, como fazê-lo crer aos outros? Já então Ptolomeu coligira na biblioteca muitas riquezas e raridades; e, porque conviesse ordená-las, designou para isso cinco gramáticos e cinco filósofos, entre estes os nossos dois amigos. Estes últimos trabalharam com singular ardor, sendo os primeiros que entravam e os últimos que saíam, e ficando ali muitas noites, ao clarão da lâmpada, decifrando, coligindo, classificando. Ptolomeu, entusiasmado, meditava para eles os mais altos destinos.

Ao cabo de algum tempo, começaram a notar-se faltas graves: — um exemplar de Homero, três rolos de manuscritos persas, dois de samaritanos, uma soberba coleção de cartas originais de Alexandre, cópias de leis atenienses, o 2º e o 3º livros da *República* de Platão, etc., etc. A autoridade pôs-se à espreita; mas a esperteza do rato, transferida a um organismo superior, era naturalmente maior, e os dois ilustres gatunos zombavam de espias e guardas. Chegaram ao ponto de estabelecer este preceito filosófico de não sair dali com as mãos vazias; traziam sempre alguma coisa, uma fábula, quando menos. Enfim, estando a sair um navio para Chipre, pediram licença a Ptolomeu, com promessa de voltar, coseram os livros dentro de couros de hipopótamo, puseram-lhes rótulos falsos, e trataram de fugir. Mas a inveja de outros filósofos não dormia; deu rebate às suspeitas dos magistrados, e descobriu-se o roubo. Stroibus e Pítias foram tidos por aventureiros, mascarados com os nomes daqueles dois varões ilustres; Ptolomeu entregou-os à justiça com ordem de os passar logo ao carrasco. Foi então que interveio Herófilo, inventor da anatomia.

Capítulo IV — Plus Ultra!
— Senhor, disse ele a Ptolomeu, tenho-me limitado até agora a escalpelar cadáveres. Mas o cadáver dá-me a estrutura, não me dá a vida; dá-me os órgãos, não me dá as funções. Eu preciso das funções e da vida.
— Que me dizes? redargüiu Ptolomeu. Queres estripar os ratos de Stroibus?
— Não, senhor; não quero estripar os ratos.
— Os cães? os gansos? as lebres?...
— Nada; peço alguns homens vivos.
— Vivos? não é possível...
— Vou demonstrar que não só é possível, mas até legítimo e necessário. As prisões egípcias estão cheias de criminosos, e os criminosos ocupam, na escala humana, um grau muito inferior. Já não são cidadãos, nem mesmo se podem dizer ho-

mens, porque a razão e a virtude, que são os dois principais
característicos humanos, eles os perderam, infringindo a lei
e a moral. Além disso, uma vez que têm de expiar com a morte
os seus crimes, não é justo que prestem algum serviço à verdade e à ciência? A verdade é imortal; ela vale não só todos os
ratos, como todos os delinqüentes do universo.

Ptolomeu achou o raciocínio exato, e ordenou que os criminosos fossem entregues a Herófilo e seus discípulos. O grande
anatomista agradeceu tão insigne obséquio, e começou a escalpelar os réus. Grande foi o assombro do povo; mas, salvo alguns
pedidos verbais, não houve nenhuma manifestação contra a
medida. Herófilo repetia o que dissera a Ptolomeu, acrescentando que a sujeição dos réus à experiência anatômica era até um
modo indireto de servir à moral, visto que o terror do escalpelo
impediria a prática de muitos crimes.

Nenhum dos criminosos, ao deixar a prisão, suspeitava o
destino científico que o esperava. Saíam um por um; às vezes
dois a dois, ou três a três. Muitos deles, estendidos e atados à
mesa da operação, não chegavam a desconfiar nada; imaginavam que era um novo gênero de execução sumária. Só quando
os anatomistas definiam o objeto do estudo do dia, alçavam os
ferros e davam os primeiros talhos, é que os desgraçados adquiriam a consciência da situação. Os que se lembravam de ter
visto as experiências dos ratos, padeciam em dobro, porque a
imaginação juntava à dor presente o espetáculo passado.

Para conciliar os interesses da ciência com os impulsos da
piedade, os réus não eram escalpelados à vista uns dos outros, mas
sucessivamente. Quando vinham aos dois ou aos três, não ficavam em lugar donde os que esperavam pudessem ouvir os gritos
do paciente, embora os gritos fossem muitas vezes abafados por
meio de aparelhos; mas se eram abafados, não eram suprimidos,

e em certos casos, o próprio objeto da experiência exigia que a emissão da voz fosse franca. Às vezes as operações eram simultâneas; mas então faziam-se em lugares distanciados.

Tinham sido escalpelados cerca de cinqüenta réus, quando chegou a vez de Stroibus e Pítias. Vieram buscá-los; eles supuseram que era para a morte judiciária, e encomendaram-se aos deuses. De caminho, furtaram uns figos, e explicaram o caso alegando que era um impulso da fome; adiante, porém, subtraíram uma flauta, e essa outra ação não a puderam explicar satisfatoriamente. Todavia, a astúcia do larápio é infinita, e Stroibus, para justificar a ação, tentou extrair algumas notas do instrumento, enchendo de compaixão as pessoas que os viam passar, e não ignoravam a sorte que iam ter. A notícia desses dois novos delitos foi narrada por Herófilo, e abalou a todos os seus discípulos.

— Realmente, disse o mestre, é um caso extraordinário, um caso lindíssimo. Antes do principal, examinemos aqui o outro ponto...

O ponto era saber se o nervo do latrocínio residia na palma da mão ou na extremidade dos dedos; problema esse sugerido por um dos discípulos. Stroibus foi o primeiro sujeito à operação. Compreendeu tudo, desde que entrou na sala; e, como a natureza humana tem uma parte ínfima, pediu-lhes humildemente que poupassem a vida a um filósofo. Mas Herófilo, com um grande poder de dialética, disse-lhe mais ou menos isto: — Ou és um aventureiro ou o verdadeiro Stroibus; no primeiro caso, tens aqui o único meio para resgatar o crime de iludir a um príncipe esclarecido, presta-te ao escalpelo; no segundo caso, não deves ignorar que a obrigação do filósofo é servir à filosofia, e que o corpo é nada em comparação com o entendimento.

Dito isto, começaram pela experiência das mãos, que produziu ótimos resultados, coligidos em livros, que se perderam com a queda dos Ptolomeus. Também as mãos de Pítias foram rasgadas e minuciosamente examinadas. Os infelizes berravam, choravam, suplicavam; mas Herófilo dizia-lhes pacificamente que a obrigação do filósofo era servir à filosofia, e que para os fins da ciência, eles valiam ainda mais que os ratos, pois era melhor concluir do homem para o homem, e não do rato para o homem. E continuou a rasgá-los fibra por fibra, durante oito dias. No terceiro dia arrancaram-lhes os olhos, para desmentir praticamente uma teoria sobre a conformação interior do órgão. Não falo da extração do estômago de ambos, por se tratar de problemas relativamente secundários, e em todo caso estudados e resolvidos em cinco ou seis indivíduos escalpelados antes deles.

Diziam os alexandrinos que os ratos celebraram esse caso aflitivo e doloroso com danças e festas, a que convidaram alguns cães, rolas, pavões e outros animais ameaçados de igual destino, e outrossim, que nenhum dos convidados aceitou o convite, por sugestão de um cachorro, que lhes disse melancolicamente: — "Século virá em que a mesma coisa nos aconteça." Ao que retorquiu um rato: — "Mas até lá, riamos!"

* * *

A SEGUNDA VIDA[1]

Monsenhor Caldas interrompeu a narração do desconhecido:
— Dá licença? é só um instante.

Levantou-se, foi ao interior da casa, chamou o preto velho que o servia, e disse-lhe em voz baixa:
— João, vai ali à estação de urbanos, fala da minha parte ao comandante, e pede-lhe que venha cá com um ou dois homens, para livrar-me de um sujeito doido. Anda, vai depressa.

E, voltando à sala:
— Pronto, disse ele; podemos continuar.

— Como ia dizendo a Vossa Reverendíssima, morri no dia vinte de março de 1860, às cinco horas e quarenta e três minutos da manhã. Tinha então sessenta e oito anos de idade. Minha alma voou pelo espaço, até perder a terra de vista, deixando muito abaixo a lua, as estrelas e o sol; penetrou finalmente num espaço em que não havia mais nada, e era clareado tão-somente por uma luz difusa. Continuei a subir, e comecei a ver um pontinho mais luminoso ao longe, muito longe.

---

[1]. Publicado em *Gazeta Literária*, nº 07 (15-01-1884). Reunido pelo autor em *Histórias Sem Data* (1884).

O ponto cresceu, fez-se sol. Fui por ali dentro, sem arder, porque as almas são incombustíveis. A sua pegou fogo alguma vez?

— Não, senhor.

— São incombustíveis. Fui subindo, subindo; na distância de quarenta mil léguas, ouvi uma deliciosa música, e logo que cheguei a cinco mil léguas, desceu um enxame de almas, que me levaram num palanquim feito de éter e plumas. Entrei daí a pouco no novo sol, que é o planeta dos virtuosos da terra. Não sou poeta, monsenhor; não ouso descrever-lhe as magnificências daquela estância divina. Poeta que fosse, não poderia, usando a linguagem humana, transmitir-lhe a emoção da grandeza, do deslumbramento, da felicidade, os êxtases, as melodias, os arrojos de luz e cores, uma coisa indefinível e incompreensível. Só vendo. Lá dentro é que soube que completava mais um milheiro de almas; tal era o motivo das festas extraordinárias que me fizeram, e que duraram dois séculos, ou, pelas nossas contas, quarenta e oito horas. Afinal, concluídas as festas, convidaram-me a tornar à terra para cumprir uma vida nova; era o privilégio de cada alma que completava um milheiro. Respondi agradecendo e recusando, mas não havia recusar. Era uma lei eterna. A única liberdade que me deram foi a escolha do veículo; podia nascer príncipe ou condutor de ônibus. Que fazer? Que faria Vossa Reverendíssima no meu lugar?

— Não posso saber; depende...

— Tem razão; depende das circunstâncias. Mas imagine que as minhas eram tais que não me davam gosto a tornar cá. Fui vítima da inexperiência, monsenhor, tive uma velhice ruim, por essa razão. Então lembrou-me que sempre ouvira dizer a meu pai e outras pessoas mais velhas, quando viam algum rapaz: — "Quem me dera aquela idade, sabendo o que sei hoje!" Lembrou-me isto, e declarei que me era indiferente nascer mendigo ou potentado, com a condição de nascer experiente. Não imagina o riso universal com que me ouviram. Jó, que ali preside a província dos pacientes, disse-me que um tal desejo era disparate; mas eu teimei e venci. Daí a pouco escorreguei no espaço; gastei nove meses a atravessá-lo até cair nos braços de uma ama de leite, e chamei-me José Maria. Vossa Reverendíssima é Romualdo, não?

— Sim, senhor; Romualdo de Sousa Caldas.
— Será parente do padre Sousa Caldas?
— Não, senhor.
— Bom poeta o padre Caldas. Poesia é um dom; eu nunca pude compor uma décima. Mas, vamos ao que importa. Conto-lhe primeiro o que me sucedeu; depois lhe direi o que desejo de Vossa Reverendíssima. Entretanto, se me permitisse ir fumando...

Monsenhor Caldas fez um gesto de assentimento, sem perder de vista a bengala que José Maria conservava atravessada sobre as pernas. Este preparou vagarosamente um cigarro. Era um homem de trinta e poucos anos, pálido, com um olhar ora mole e apagado, ora inquieto e centelhante. Apareceu ali, tinha o padre acabado de almoçar, e pediu-lhe uma entrevista para negócio grave e urgente. Monsenhor fê-lo entrar e sentar-se; no fim de dez minutos, viu que estava com um lunático. Perdoava-lhe a incoerência das idéias ou o assombroso das invenções; pode ser até que lhe servissem de estudo. Mas o desconhecido teve um assomo de raiva, que meteu medo ao pacato clérigo. Que podiam fazer ele e o preto, ambos velhos, contra qualquer agressão de um homem forte e louco? Enquanto esperava o auxílio policial, monsenhor Caldas desfazia-se em sorrisos e assentimentos de cabeça, espantava-se com ele, alegrava-se com ele, política útil com os loucos, as mulheres e os potentados. José Maria acendeu finalmente o cigarro, e continuou:

— Renasci em cinco de janeiro de 1861. Não lhe digo nada da nova meninice, porque aí a experiência teve só uma forma instintiva. Mamava pouco; chorava o menos que podia para não apanhar pancada. Comecei a andar tarde, por medo de cair, e daí me ficou uma tal ou qual fraqueza nas pernas. Correr e rolar, trepar nas árvores, saltar paredões, trocar murros, coisas tão úteis, nada disso fiz, por medo de contusão e sangue. Para falar com franqueza, tive uma infância aborrecida, e a escola não o foi menos. Chamavam-me tolo e moleirão. Realmente, eu vivia fugindo de tudo. Creia que durante esse tempo não escorreguei, mas também não corria nunca. Palavra, foi um tempo de aborrecimento; e, comparando as cabeças quebradas de outro tempo com o tédio de hoje, antes as cabeças quebradas. Cresci; fiz-me rapaz, entrei no período dos amores... Não se assuste; serei casto, como a primeira ceia. Vossa Reverendíssima sabe o que é uma ceia de rapazes e mulheres?

— Como quer que saiba?...

— Tinha dezenove anos, continuou José Maria, e não imagina o espanto dos meus amigos, quando me declarei pronto a ir a uma tal ceia... Ninguém esperava tal coisa de um rapaz tão cauteloso, que fugia de tudo, dos sonos atrasados, dos sonos excessivos, de andar sozinho a horas mortas, que vivia, por assim dizer, às apalpadelas. Fui à ceia; era no Jardim Botânico, obra esplêndida. Comidas, vinhos, luzes, flores, alegria dos rapazes, os olhos das damas, e, por cima de tudo, um apetite de vinte anos. Há de crer que não comi nada? A lembrança de três indigestões apanhadas quarenta anos antes, na primeira vida, fez-me recuar. Menti dizendo que estava indisposto. Uma das damas veio sentar-se à minha direita, para curar-me; outra levantou-se também, e veio para a minha esquerda, com o mesmo fim. "Você cura de um lado, eu curo do outro", disseram elas. Eram lépidas, frescas, astuciosas, e tinham fama de devorar o coração e a vida dos rapazes. Confesso-lhe que fiquei com medo e retraí-me. Elas fizeram tudo, tudo; mas em vão. Vim de lá de manhã, apaixonado por ambas, sem nenhuma delas, e caindo de fome. Que lhe parece? concluiu José Maria pondo as mãos nos joelhos, e arqueando os braços para fora.

— Com efeito...

— Não lhe digo mais nada; Vossa Reverendíssima adivinhará o resto. A minha segunda vida é assim uma mocidade expansiva e impetuosa, enfreada por uma experiência virtual e tradicional. Vivo como Eurico, atado ao próprio cadáver... Não, a comparação não é boa. Como lhe parece que vivo?

— Sou pouco imaginoso. Suponho que vive assim como um pássaro, batendo as asas e amarrado pelos pés...

— Justamente. Pouco imaginoso? Achou a fórmula; é isso mesmo. Um pássaro, um grande pássaro, batendo as asas, assim...

José Maria ergueu-se, agitando os braços, à maneira de asas. Ao erguer-se, caiu-lhe a bengala no chão; mas ele não deu por ela. Continuou a agitar os braços, em pé, defronte do padre, e a dizer que era isso mesmo, um pássaro, um grande pássaro... De cada vez que batia os braços nas coxas, levantava os calcanhares, dando ao corpo uma cadência de movimentos, e conservava os pés unidos, para mostrar que os tinha amarrados. Monsenhor aprovava de cabeça; ao mesmo tempo afiava as orelhas para ver se ouvia passos na escada. Tudo silêncio. Só lhe chegavam os rumores de fora: — carros e carroças que desciam, quitandeiras apregoando legumes, e um piano da vizinhança. José Maria sentou-se finalmente, depois de apanhar a bengala, e continuou nestes termos:

— Um pássaro, um grande pássaro. Para ver quanto é feliz a comparação, basta a aventura que me traz aqui, um caso de consciência, uma paixão, uma mulher, uma viúva, D. Clemência. Tem vinte e seis anos, uns olhos que não acabam mais, não digo no tamanho, mas na expressão, e duas pinceladas de buço, que lhe completam a fisionomia. É filha de um professor jubilado. Os vestidos pretos ficam-lhe tão bem que eu às vezes digo-lhe rindo que ela não enviuvou senão para andar de luto. Caçoadas! Conhecemo-nos há um ano, em casa de um fazendeiro de Cantagalo. Saímos namorados um do outro. Já sei o que me vai perguntar: por que é que não nos casamos, sendo ambos livres...

— Sim, senhor.

— Mas, homem de Deus! é essa justamente a matéria da minha aventura. Somos livres, gostamos um do outro, e não nos casamos: tal é a situação tenebrosa que venho expor a Vossa Reverendíssima, e que a sua teologia ou o que quer que seja explicará, se puder. Voltamos para a Corte namorados. Clemência morava com o velho pai, e um irmão empregado no comércio; relacionei-me com ambos, e comecei a freqüentar a casa, em Matacavalos. Olhos, apertos de mão, palavras soltas, outras ligadas, uma frase, duas frases, e estávamos amados e confessados. Uma noite, no patamar da escada, trocamos o primeiro beijo... Perdoe estas coisas, monsenhor; faça de conta que me está ouvindo de confissão. Nem eu lhe digo isto senão para acrescentar que saí dali tonto, desvairado, com a imagem de Clemência na cabeça e o sabor do beijo na boca. Errei cerca de duas horas, planeando uma vida única; determinei pedir-lhe a mão no fim da semana, e casar daí a um mês.

Cheguei às derradeiras minúcias, cheguei a redigir e ornar de cabeça as cartas de participação. Entrei em casa depois de meia-noite, e toda essa fantasmagoria voou, como as mutações à vista nas antigas peças de teatro. Veja se adivinha como.

— Não alcanço...

— Considerei, no momento de despir o colete, que o amor podia acabar depressa; tem-se visto algumas vezes. Ao descalçar as botas, lembrou-me coisa pior: — podia ficar o fastio. Concluí a *toilette* de dormir, acendi um cigarro, e, reclinado no canapé, pensei que o costume, a convivência, podia salvar tudo; mas, logo depois adverti que as duas índoles podiam ser incompatíveis; e que fazer com duas índoles incompatíveis e inseparáveis? Mas, enfim, dei de barato tudo isso, porque a paixão era grande, violenta; considerei-me casado, com uma linda criancinha... Uma? duas, seis, oito; podiam vir oito, podiam vir dez; algumas aleijadas. Também podia vir uma crise, duas crises, falta de dinheiro, penúria, doenças; podia vir alguma dessas afeições espúrias que perturbam a paz doméstica... Considerei tudo e concluí que o melhor era não casar. O que não lhe posso contar é o meu desespero; faltam-me expressões para lhe pintar o que padeci nessa noite... Deixa-me fumar outro cigarro?

Não esperou resposta, fez o cigarro, e acendeu-o. Monsenhor não podia deixar de admirar-lhe a bela cabeça, no meio do desalinho próprio do estado; ao mesmo tempo notou que ele falava em termos polidos, e que, apesar dos rompantes mórbidos, tinha maneiras. Quem diabo podia ser esse homem? José Maria continuou a história, dizendo que deixou de ir à casa de Clemência, durante seis dias, mas não resistiu às cartas e às lágrimas. No fim de uma semana correu para lá, e confessou-lhe tudo, tudo. Ela ouviu-o com muito interesse, e quis saber o que era preciso para acabar com tantas cismas, que prova de amor queria que ela lhe desse. A resposta de José Maria foi uma pergunta.

— Está disposta a fazer-me um grande sacrifício? disse-lhe eu. Clemência jurou que sim. "Pois bem, rompa com tudo, família e sociedade; venha morar comigo; casamo-nos depois desse noviciado." Compreendo que Vossa Reverendíssima arregale os olhos. Os dela encheram-se de lágrimas; mas, apesar de humilhada, aceitou tudo. Vamos; confesse que sou um monstro.

— Não, senhor...

— Como não? Sou um monstro. Clemência veio para minha casa, e não imagina as festas com que a recebi. "Deixo tudo, disse-me ela; você é para mim o universo." Eu beijei-lhe os pés, beijei-lhe os tacões dos sapatos. Não imagina o meu contentamento. No dia seguinte, recebi uma carta tarjada de preto; era a notícia da morte de um tio meu, em Santa Ana do Livramento, deixando-me vinte mil contos. Fiquei fulminado. "Entendo, disse a Clemência, você sacrificou tudo, porque tinha notícia da herança." Desta vez, Clemência não chorou, pegou em si e saiu. Fui atrás dela, envergonhado, pedi-lhe perdão; ela resistiu. Um dia, dois dias, três dias, foi tudo vão; Clemência não cedia nada, não falava sequer. Então declarei-lhe que me mataria; comprei um revólver, fui ter com ela, e apresentei-lho: é este.

Monsenhor Caldas empalideceu. José Maria mostrou-lhe o revólver, durante alguns segundos, tornou a metê-lo na algibeira, e continuou:

— Cheguei a dar um tiro. Ela, assustada, desarmou-me e perdoou-me. Ajustamos precipitar o casamento, e, pela minha parte, impus uma condição: doar os vinte mil contos à Biblioteca Nacional. Clemência atirou-se-me aos braços, e aprovou-me com um beijo. Dei os vinte mil contos. Há de ter lido nos jornais... Três semanas depois casamo-nos. Vossa Reverendíssima respira como quem chegou ao fim. Qual! Agora é que chegamos ao trágico. O que posso fazer é abreviar umas particularidades e suprimir outras; restrinjo-me a Clemência. Não lhe falo de outras emoções truncadas, que são todas as minhas, abortos de prazer, planos que se esgarçam no ar, nem das ilusões de saia rota, nem do tal pássaro... plás... plás... plás...

E, de um salto, José Maria ficou outra vez de pé, agitando os braços, e dando ao corpo uma cadência. Monsenhor Caldas começou a suar frio. No fim de alguns segundos, José Maria parou, sentou-se, e reatou a narração, agora mais difusa, mais derramada, evidentemente mais delirante. Contava os sustos em que vivia, desgostos e desconfianças. Não podia comer um figo às dentadas, como outrora: o receio do bicho diminuía-lhe o sabor. Não cria nas caras alegres da gente que ia pela rua: preocupações, desejos, ódios, tristezas, outras coisas, iam dissimuladas por umas três quartas partes delas. Vivia a temer um filho cego ou surdo-mudo, ou tuberculoso, ou assassino, etc. Não conseguia dar um jantar que não ficasse triste logo depois da sopa, pela idéia de que uma palavra sua, um gesto da mulher, qualquer falta de serviço podia sugerir o epigrama digestivo, na rua, debaixo de um lampião. A experiência dera-lhe o terror de ser empulhado. Confessava ao padre que, realmente, não tinha até agora lucrado nada; ao contrário, perdera até, porque fora levado ao sangue... Ia contar-lhe o caso do sangue. Na véspera, deitara-se cedo, e sonhou... Com quem pensava o padre que ele sonhou?

— Não atino...

— Sonhei que o Diabo lia-me o Evangelho. Chegando ao ponto em que Jesus fala dos lírios do campo, o Diabo colheu alguns e deu-mos. "Toma, disse-me ele; são os lírios da Escritura; segundo ouviste, nem Salomão em toda a pompa, pode ombrear com eles. Salomão é a sapiência. E sabes o que são estes lírios, José? São os teus vinte anos." Fitei-os encantado; eram lindos como não imagina. O Diabo pegou deles, cheirou-os e disse-me que os cheirasse também. Não lhe digo nada; no momento de os chegar ao nariz, vi sair de dentro um reptil fedorento e torpe, dei um grito, e arrojei para longe as flores. Então, o Diabo, escancarando uma formidável gargalhada: "José Maria, são os teus vinte anos." Era uma gargalhada assim: — cá, cá, cá, cá, cá...

José Maria ria à solta, ria de um modo estridente e diabólico. De repente, parou; levantou-se, e contou que, tão depressa abriu os olhos, como viu a mulher diante dele aflita e desgrenhada. Os olhos de Clemência eram doces, mas ele disse-lhe que os olhos doces também fazem mal. Ela arrojou-se-lhe aos pés... Neste ponto a fisionomia de José Maria estava tão transtornada que o padre, também de pé, começou a recuar, trêmulo e pálido.

— Não, miserável! não! tu não me fugirás! bradava José Maria investindo para ele. Tinha os olhos esbugalhados, as têmporas latejantes; o padre ia recuando... recuando... Pela escada acima ouvia-se um rumor de espadas e de pés.

* * *

Só![1]

Alonguei-me fugindo, e morei na soledade.
SALM. LIV, 8.

BONIFÁCIO, DEPOIS DE FECHAR A PORTA, guardou a chave, atravessou o jardim e meteu-se em casa. Estava só, finalmente só. A frente da casa dava para uma rua pouco freqüentada e quase sem moradores. A um dos lados da chácara corria outra rua. Creio que tudo isso era para os lados de Andaraí.

Um grande escritor, Edgar Poe, relata, em um de seus admiráveis contos, a corrida noturna de um desconhecido pelas ruas de Londres, à medida que se despovoam, com o visível intento de nunca ficar só. "Esse homem, conclui ele, é o tipo e o gênio do crime profundo; é o homem das multidões." Bonifácio não era capaz de crimes, nem ia agora atrás de lugares povoados, tanto que vinha recolher-se a uma casa vazia. Posto que os seus quarenta e cinco anos não fossem tais que tornassem inverossímil uma fantasia de mulher, não era amor que o trazia à reclusão. Vamos à verdade: ele queria

---
1. Publicado em *Gazeta de Notícias* (06-01-1885).

descansar da companhia dos outros. Quem lhe meteu isso na cabeça, — sem o querer nem saber, — foi um esquisitão desse tempo, dizem que filósofo, um tal Tobias que morava para os lados do Jardim Botânico. Filósofo ou não, era homem de cara seca e comprida, nariz grande e óculos de tartaruga. Paulista de nascimento, estudara em Coimbra, no tempo do rei, e vivera muitos anos na Europa, gastando o que possuía, até que, não tendo mais que alguns restos, arrepiou carreira. Veio para o Rio de Janeiro, com o plano de passar a S. Paulo; mas foi ficando e aqui morreu. Costumava ele desaparecer da cidade durante um ou dois meses; metia-se em casa, com o único preto que possuía, e a quem dava ordem de lhe não dizer nada. Esta circunstância fê-lo crer maluco, e tal era a opinião entre os rapazes; não faltava, porém, quem lhe atribuísse grande instrução e rara inteligência, ambas inutilizadas por um ceticismo sem remédio. Bonifácio, um dos seus poucos familiares, perguntou-lhe um dia que prazer achava naquelas reclusões tão longas e absolutas; Tobias respondeu, que era o maior regalo do mundo.

— Mas, sozinho! tanto tempo assim, metido entre quatro paredes, sem ninguém!

— Sem ninguém, não.

— Ora, um escravo, que nem sequer lhe pode tomar a bênção!

— Não, senhor. Trago um certo número de idéias; e, logo que fico só, divirto-me em conversar com elas. Algumas vêm já grávidas de outras, e dão à luz cinco, dez, vinte e todo esse povo salta, brinca, desce, sobe, às vezes lutam umas com outras, ferem-se e algumas morrem; e quando dou acordo de mim, lá se vão muitas semanas.

Foi pouco depois dessa conversação que vagou uma casa de

Bonifácio. Ele, que andava aborrecido e cansado da vida social, quis imitar o velho Tobias; disse em casa, na loja do Bernardo e a alguns amigos, que ia estar uns dias em Iguaçu, e recolheu-se a Andaraí. Uma vez que a variedade enfarava, era possível achar sabor da monotonia. Viver só, duas semanas inteiras, no mesmo espaço, com as mesmas coisas, sem andar de casa em casa e de rua em rua, não seria um deleite novo e raro? Em verdade, pouca gente gostará da música monótona; Bonaparte, entretanto, lambia-se por ela, e sacava dali uma teoria curiosa, a saber, que as impressões que se repetem são as únicas que verdadeiramente se apossam de nós. Na chácara de Andaraí a impressão era uma e única.

Vimo-lo entrar. Vamos vê-lo percorrer tudo, salas e alcovas, jardim e chácara. A primeira impressão dele, quando ali se achou, espécie de Robinson, foi um pouco estranha, mas agradável. Em todo o resto da tarde não foi mais que proprietário; examinou tudo, com paciência e minuciosidade, paredes, tetos, portas, vidraças, árvores, o tanque, a cerca de espinhos. Notou que os degraus que iam da cozinha para a chácara, estavam lascados, aparecendo o tijolo. O fogão tinha grandes estragos. Das janelas da cozinha, que eram duas, só uma fechava bem; a outra era atada com um pedaço de corda. Buracos de rato, rasgões no papel da parede, pregos deixados, golpes de canivete no peitoril de algumas janelas, tudo descobriu, e contra tudo tempestuou, com uma certa cólera postiça e eficaz na ocasião.

A tarde passou depressa. Só reparou bem que estava só, quando lhe entraram em casa as ave-marias, com o seu ar de viúvas recentes; foi a primeira vez na vida que ele sentiu a melancolia de tais hóspedes. Essa hora eloqüente e profunda, que ninguém mais cantará como o divino Dante, ele só a conhecia pelo gás do jantar, pelo aspecto das viandas, ao tinir dos pratos, ao reluzir dos copos, ao burburinho da conversação, se jantava com outras pessoas, ou pensando nelas, se jantava só. Era a primeira vez que lhe sentia o prestígio, e não há dúvida que ficou acabrunhado. Correu a acender luzes e cuidou de jantar.

Jantou menos mal, ainda que sem sopa; tomou café, preparado por ele mesmo, na máquina que levara, e encheu o resto da noite como pôde. Às oito horas, indo dar corda ao relógio, resolveu deixá-lo parar, a fim de tornar mais completa a solidão; leu algumas páginas de uma novela, bocejou, fumou e dormiu.

De manhã, ao voltar do tanque e tomado o café, procurou os jornais do dia, e só então advertiu que, de propósito, os não mandara vir. Estava tão acostumado a lê-los, entre o café e o almoço, que não pôde achar compensação em nada.

— Pateta! exclamou. Que tinha que os jornais viessem?

Para matar o tempo, foi abrir e examinar as gavetas da mesa, — uma velha mesa, que lhe não servia há muito, e estava ao canto do gabinete, na outra casa. Achou bilhetes de amigos, notas, flores, cartas de jogar, pedaços de barbante, de lacre, penas, contas antigas, etc. Releu os bilhetes e as notas. Algumas destas falavam de coisas e pessoas dispersas ou extintas: "Lembrar ao cabeleireiro para ir à casa de D. Amélia". — "Comprar um cavalinho de pau para o filho do Vasconcelos". — "Cumprimentar o ministro da Marinha". — "Não esquecer de copiar as charadas que D. Antônia me pediu". — "Ver o número da casa dos suspensórios". — "Pedir ao secretário da câmara um bilhete de tribuna para o dia da interpelação". E assim outras, algumas tão concisas, que ele mesmo não chegava a entender, como estas, por exemplo: — "Soares, prendas, a cavalo". — "Ouro e pé de mesa".

No fundo da gaveta, deu com uma caixinha de tartaruga, e dentro um molhozinho de cabelos, e este papel: "Cortados ontem, 5 de novembro, de manhã". Bonifácio estremeceu...

— Carlota! exclamou.

Compreende-se a comoção. As outras notas eram pedaços da vida social. Solteiro, e sem parentes, Bonifácio fez da sociedade uma família. Contava numerosas relações, e não poucas íntimas. Vivia da convivência, era o elemento obrigado de todas as funções, parceiro infalível, confidente discreto e cordial servidor, principalmente de senhoras. Nas confidências, como era pacífico e sem opinião, adotava os sentimentos de cada um, e tratava sinceramente de os combinar, de restaurar os edifícios que, ou o tempo, ou as tempestades da vida, iam gastando. Foi uma dessas confidências, que o levou ao amor expresso naquele molhozinho de cabelos, cortados ontem, 5 de novembro; e esse amor foi a grande data memorável da vida dele.

— Carlota! repetiu ainda.

Reclinado na cadeira, contemplava os cabelos, como se fossem a própria pessoa; releu o bilhete, depois fechou os olhos, para recordar melhor. Pode-se dizer que ficou um pouco triste, mas de uma tristeza que a fatuidade tingia de alguns tons alegres. Reviveu o amor e a carruagem, — a carruagem dela, — os ombros soberbos e as jóias magníficas, — os dedos e os anéis, a ternura da amada e a admiração pública...

— Carlota!

Nem almoçando, perdeu a preocupação. E, contudo, o almoço era o melhor que se podia desejar em tais circunstâncias, mormente se contarmos o excelente Borgonha, que o acompanhou, presente de um diplomata; mas nem assim.

Fenômeno interessante: — almoçado, e acendendo um charuto, Bonifácio pensou na boa fortuna, que seria, se ela lhe aparecesse, ainda agora, a despeito dos quarenta e quatro anos. Podia ser; morava para os lados da Tijuca. Uma vez que isto lhe pareceu possível, Bonifácio abriu as janelas todas da frente e desceu à chácara, para ir até à cerca que dava para a outra rua. Tinha esse gênero de imaginação que a esperança dá a todos os homens; figurou na cabeça a passagem de Carlota, a entrada, o assombro e o reconhecimento. Supôs até que lhe ouvia a voz; mas era o que lhe acontecia desde manhã, a respeito de outras. De quando em quando, chegavam-lhe ao ouvido uns retalhos de frases:

— Mas, Sr. Bonifácio...
— Jogue; a vaza é minha...
— Jantou com o desembargador?

Eram ecos da memória. A voz da dona dos cabelos era também um eco. A diferença é que esta lhe pareceu mais perto, e ele cuidou que, realmente, ia ver a pessoa. Chegou a crer que o fato extraordinário da reclusão se prendesse ao encontro com a dama, único modo de a explicar. Como? Segredo do destino. Pela cerca, espiou disfarçadamente para a rua, como se quisesse embaçar a si mesmo, e não viu nem ouviu nada mais que uns cinco ou seis cães que perseguiam a outro, latindo em coro. Começou a chuviscar; apertando a chuva, correu a meter-se em casa; entrando, ouviu distintamente dizer:

— Meu bem!

Estremeceu; mas era ilusão. Chegou à janela, para ver a chuva, e lembrou-se que um de seus prazeres, em tais ocasiões, era estar à porta do Bernardo ou do Farâni, vendo passar a gente, uns para baixo, outros para cima, numa contradança de guarda-chuvas... A impressão do silêncio, principalmente, afligia mais que a da solidão. Ouvia alguns pios de passarinho, cigarras, — às vezes um rodar de carro, ao longe, — alguma voz humana, ralhos, cantigas, uma risada, tudo fraco, vago e remoto, e como que destinado só a agravar o silêncio. Quis ler e não pôde; foi reler as cartas e examinar as contas velhas. Estava impaciente, zangado, nervoso. A chuva, posto que não forte, prometia durar muitas horas, e talvez dias. Outra cainçada aos fundos, e desta vez trouxe-lhe à memória um dito do velho Tobias. Estava em casa dele, ambos à janela, e viram passar na rua um cão, fugindo de dois, que ladravam; outros cães, porém, saindo das lojas e das esquinas, entravam a ladrar também, com igual ardor e raiva, e todos corriam atrás do perseguido. Entre eles ia o do próprio Tobias, um que o dono supunha ser descendente de algum cão feudal, companheiro das antigas castelãs. Bonifácio riu-se, e perguntou-lhe se um animal tão nobre era para andar nos tumultos de rua.

— Você fala assim, respondeu Tobias, porque não conhece a máxima social dos cães. Viu que nenhum deles perguntou aos outros o que é que o perseguido tinha feito; todos entraram no coro e perseguiram também, levados desta máxima universal entre eles: — Quem persegue ou morde, tem sempre razão, — ou, em relação à matéria da perseguição, ou, quando menos, em relação às pernas do perseguido. Já reparou? Repare e verá.

Não se lembrava do resto, e, aliás, a idéia do Tobias pareceu-lhe ininteligível, ou, quando menos, obscura. Os cães tinham cessado de latir. Só continuava a chuva. Bonifácio andou, voltou, foi de um lado para outro, começava a achar-se ridículo. Que horas seriam? Não lhe restava o recurso de calcular o tempo pelo sol. Sabia que era segunda-feira, dia em que costumava jantar na Rua dos Beneditinos, com um comissário de café. Pensou nisso; pensou na reunião do conselheiro ***, que conhecera em Petrópolis; pensou em Petrópolis, no *whist*; era mais feliz no *whist* que ao voltarete, e ainda agora recordava todas as circunstâncias de uma certa mão, em que ele pedira licença, com quatro trunfos, rei, manilha, basto, dama... E reproduzia tudo, as cartas dele com as de cada um dos parceiros, as cartas compradas, a ordem e a composição das vazas...

Era assim que as lembranças de fora, coisas e pessoas, vinham de tropel agitando-se em volta dele, falando, rindo, fazendo-lhe companhia. Bonifácio recompunha toda a vida exterior, figuras e incidentes, namoros de um, negócios de outro, diversões, brigas, anedotas, uma conversação, um enredo, um boato. Cansou, e tentou ler; a princípio, o espírito saltava fora da página, atrás de uma notícia qualquer, um projeto de casamento; depois caiu numa sonolência teimosa. Espertava, lia cinco ou seis linhas, e dormia. Afinal, levantou-se, deixou o livro e chegou à janela, para ver a chuva, que era a mesma, sem parar nem crescer, nem diminuir, sempre a mesma cortina d'água despenhando-se de um céu amontoado de nuvens grossas e eternas.

Jantou mal, e, para consolar-se, bebeu muito Borgonha. De noite, fumado o segundo charuto, lembrou-se das cartas, foi a elas, baralhou-as e sentou-se a jogar a *paciência*. Era um recurso: pôde assim escapar às recordações que o afligiam, se eram más, ou que o empuxavam para fora, se eram boas. Dormiu ao som da chuva, e teve um pesadelo. Sonhou que subia à presença de Deus, e que lhe ouvia a resolução de fazer chover, por todos os séculos restantes do mundo.

— Quantos mais? perguntou ele.

— A cabeça humana é inferior às matemáticas divinas, respondeu o Senhor; mas posso dar-te uma idéia remota e vaga: — multiplica as estrelas do céu por todos os grãos de areia do mar, e terás uma partícula dos séculos...

— Onde irá tanta água, Senhor?

— Não choverá só água, mas também Borgonha e cabelos de mulheres bonitas...

Bonifácio agradeceu este favor. Olhando para o ar, viu que efetivamente chovia muito cabelo e muito vinho, além da água, que se acumulava no fundo de um abismo. Inclinou-se e descobriu embaixo, lutando com a água e os tufões, a deliciosa Carlota; e querendo descer para salvá-la, levantou os olhos e fitou o Senhor. Já o não viu então, mas somente a figura do Tobias, olhando por cima dos óculos, com um fino sorriso sardônico e as mãos nas algibeiras. Bonifácio soltou um grito e acordou.

De manhã, ao levantar-se, viu que continuava a chover. Nada de jornais: parecia-lhe já um século que estava separado da cidade. Podia ter-lhe morrido algum amigo, ter caído o ministério, ele não sabia de nada. O almoço foi ainda pior que o jantar da véspera. A chuva continuava, farfalhando nas árvores, nem mais nem menos. Vento nenhum. Qualquer bafagem, movendo as folhas, quebraria um pouco a uniformidade da chuva; mas tudo estava calado e quieto, só a chuva caía sem interrupção nem alteração, de maneira que, ao cabo de algum tempo, dava ela própria a sensação da imobilidade, e não sei até se a do silêncio.

As horas eram cada vez mais intermináveis. Nem havia horas; o tempo ia sem as divisões que lhe dá o relógio, como um livro sem capítulos. Bonifácio lutou ainda, fumando e jogando; lembrou-se até de escrever algumas cartas, mas apenas pôde acabar uma. Não podia ler, não podia estar, ia de um lado para outro, sonolento, cansado, resmungando um trecho de ópera: *Di quella pira...* Ou então: *In mia mano alfin tu sei...* Planeava outras obras na casa, agitava-se e não dominava nada. A solidão, como paredes de um cárcere misterioso, ia-se-lhe apertando em derredor, e não tardaria a esmagá-lo. Já o amor-próprio o não retinha; ele desdobrava-se em dois homens, um dos quais provava ao outro que estava fazendo uma tolice.

Eram três horas da tarde, quando ele resolveu deixar o refúgio. Que alegria, quando chegou à Rua do Ouvidor! Era tão insólita que fez desconfiar algumas pessoas; ele, porém, não contou nada a ninguém, e explicou Iguaçu, como pôde.

No dia seguinte foi à casa do Tobias, mas não lhe pôde falar; achou-o justamente recluso. Só duas semanas depois, indo a entrar na barca de Niterói, viu adiante de si a grande estatura do esquisitão, e reconheceu-o pela sobrecasaca cor de rapé, comprida e larga. Na barca, falou-lhe:

— O senhor pregou-me um logro...

— Eu? perguntou Tobias, sentando-se ao lado dele.

— Sem querer, é verdade, mas sempre fiquei logrado.

Contou-lhe tudo; confessou-lhe que, por estar um pouco fatigado dos amigos, tivera a idéia de recolher-se por alguns dias, mas não conseguiu ir além de dois, e, ainda assim, com dificuldade. Tobias ouviu-o calado, com muita atenção, depois, interrogou-o minuciosamente, pediu-lhe todas as sensações, ainda as mais íntimas, e o outro não lhe negou nenhuma, nem as que teve com os cabelos achados na gaveta. No fim, olhando por cima dos óculos, tal qual como no pesadelo, disse-lhe com um sorriso copiado do diabo:

— Quer saber? Você esqueceu-se de levar o principal da matalotagem, que são justamente as idéias...

Bonifácio achou-lhe graça, e riu.

Tobias, rindo também, deu-lhe um piparote na testa. Em seguida, pediu-lhe notícias, e o outro deu-lhas de vária espécie, grandes e pequenas, fatos e boatos, isto e aquilo, que o velho Tobias ouviu, com olhos meio cerrados, pensando em outra coisa.

***

O DICIONÁRIO[1]

Era uma vez um tanoeiro, demagogo, chamado Bernardino, o qual em cosmografia professava a opinião de que este mundo é um imenso tonel de marmelada, e em política pedia o trono para a multidão. Com o fim de a pôr ali, pegou de um pau, concitou os ânimos e deitou abaixo o rei; mas, entrando no paço, vencedor e aclamado, viu que o trono só dava para uma pessoa, e cortou a dificuldade sentando-se em cima.

— Em mim, bradou ele, podeis ver a multidão coroada. Eu sou vós, vós sois eu.

O primeiro ato do novo rei foi abolir a tanoaria, indenizando os tanoeiros, prestes a derrubá-lo, com o título de Magníficos. O segundo foi declarar que, para maior lustre da pessoa e do cargo, passava a chamar-se, em vez de Bernardino, Bernardão. Particularmente encomendou uma genealogia a um grande doutor dessas matérias, que em pouco mais de uma hora o entroncou a um tal ou qual general romano do século IV, Bernardus Tanoarius; — nome que deu lugar à controvér-

---

[1]. Publicado em *Gazeta de Notícias* (01-03-1885, publicado originalmente sob o título "Os dicionários"). Reunido pelo autor em *Páginas Recolhidas* (1900).

sia, que ainda dura, querendo uns que o rei Bernardão tivesse sido tanoeiro, e outros que isto não passe de uma confusão deplorável com o nome do fundador da família. Já vimos que esta segunda opinião é a única verdadeira.

Como era calvo desde verdes anos, decretou Bernardão que todos os seus súditos fossem igualmente calvos, ou por natureza ou por navalha, e fundou esse ato em uma razão de ordem política, a saber, que a unidade moral do Estado pedia a conformidade exterior das cabeças. Outro ato em que revelou igual sabedoria, foi o que ordenou que todos os sapatos do pé esquerdo tivessem um pequeno talho no lugar correspondente ao dedo mínimo, dando assim aos seus súditos o ensejo de se parecerem com ele, que padecia de um calo. O uso dos óculos em todo o reino não se explica de outro modo, senão por uma oftalmia que afligiu a Bernardão, logo no segundo ano do reinado. A doença levou-lhe um olho, e foi aqui que se revelou a vocação poética de Bernardão, porque, tendo-lhe dito um dos seus dois ministros, chamado Alfa, que a perda de um olho o fazia igual a Aníbal, — comparação que o lisonjeou muito, — o segundo ministro, Ômega, deu um passo adiante, e achou-o superior a Homero, que perdera ambos os olhos. Esta cortesia foi uma revelação; e como isto prende com o casamento, vamos ao casamento.

Tratava-se, em verdade, de assegurar a dinastia dos Tanoarius. Não faltavam noivas ao novo rei, mas nenhuma lhe agradou tanto como a moça Estrelada, bela, rica e ilustre. Esta senhora, que cultivava a música e a poesia, era requestada por alguns cavalheiros, e mostrava-se fiel à dinastia decaída. Bernardão ofereceu-lhe as coisas mais suntuosas e raras, e, por outro lado, a família bradava-lhe que uma coroa na cabeça valia mais que uma saudade no coração; que não fizesse a desgraça dos seus, quando o ilustre Bernardão lhes acenava com o principado; que os tronos não andavam a rodo, e mais isto, e mais aquilo. Estrelada, porém, resistia à sedução.

Não resistiu muito tempo, mas também não cedeu tudo. Como entre os seus candidatos preferia secretamente um poeta, declarou que estava pronta a casar, mas seria com quem lhe fizesse o melhor madrigal, em concurso. Bernardão aceitou a cláusula, louco de amor e confiado em si: tinha mais um olho que Homero, e fizera a unidade dos pés e das cabeças.

Concorreram ao certâmen, que foi anônimo e secreto, vinte pessoas. Um dos madrigais foi julgado superior aos outros todos; era justamente o do poeta amado. Bernardão anulou por um decreto o concurso, e mandou abrir outro; mas então, por uma inspiração de insigne maquiavelismo, ordenou que não se empregassem palavras que tivessem menos de trezentos anos de idade. Nenhum dos concorrentes estudara os clássicos: era o meio provável de os vencer.

Não venceu ainda assim porque o poeta amado leu à pressa o que pôde, e o seu madrigal foi outra vez o melhor. Bernardão anulou esse segundo concurso; e, vendo que no madrigal vencedor as locuções antigas davam singular graça aos versos, decretou que só se empregassem as modernas e particularmente as da moda. Terceiro concurso, e terceira vitória do poeta amado.

Bernardão, furioso, abriu-se com os dois ministros, pedindo-lhes um remédio pronto e enérgico, porque, se não ganhasse a mão de Estrelada, mandaria cortar trezentas mil cabeças. Os dois, tendo consultado algum tempo, voltaram com este alvitre:

— Nós, Alfa e Ômega, estamos designados pelos nossos nomes para as coisas que respeitam à linguagem. A nossa idéia é que Vossa Sublimidade mande recolher todos os dicionários e nos encarregue de compor um vocabulário novo que lhe dará a vitória.

Bernardão assim fez, e os dois meteram-se em casa durante três meses, findos os quais depositaram nas augustas mãos a obra acabada, um livro a que chamaram Dicionário de Babel, porque era realmente a confusão das letras. Nenhuma locução se parecia com a do idioma falado; as consoantes trepavam nas consoantes, as vogais diluíam-se nas vogais, palavras de duas sílabas tinham agora sete e oito, e vice-versa, tudo trocado, misturado, nenhuma energia, nenhuma graça, uma língua de cacos e trapos.

— Obrigue Vossa Sublimidade esta língua por um decreto, e está tudo feito.

Bernardão concedeu um abraço e uma pensão a ambos, decretou o vocabulário, e declarou que ia fazer-se o concurso definitivo para obter a mão da bela Estrelada. A confusão passou do dicionário aos espíritos; toda a gente andava atônita. Os farsolas cumprimentavam-se na rua pela novas locuções: diziam, por exemplo, em vez de: *Bom dia, como passou?* — *Pflerrgpxx, rouph, aa?* A própria dama, temendo que o poeta amado perdesse afinal a campanha, propôs-lhe que fugissem; ele, porém, respondeu que ia ver primeiro se podia fazer alguma coisa. Deram noventa dias para o novo concurso e recolheram-se vinte madrigais. O melhor deles, apesar da língua bárbara, foi o do poeta amado. Bernardão, alucinado, mandou cortar as mãos aos dois ministros e foi a única vingança. Estrelada era tão admiravelmente bela, que ele não se atreveu a magoá-la, e cedeu.

• O DICIONÁRIO •

Desgostoso, encerrou-se oito dias na biblioteca, lendo, passeando ou meditando. Parece que a última coisa que leu foi uma sátira do poeta Garção, e especialmente estes versos, que pareciam feitos de encomenda:

> *O raro Apeles,*
> *Rubens e Rafael, inimitáveis,*
> *Não se fizeram pela cor das tintas;*
> *A mistura elegante os fez eternos.*

* * *

A CAUSA SECRETA[1]

GARCIA, EM PÉ, MIRAVA e estalava as unhas; Fortunato, na cadeira de balanço, olhava para o teto; Maria Luísa, perto da janela, concluía um trabalho de agulha. Havia já cinco minutos que nenhum deles dizia nada. Tinham falado do dia, que estivera excelente, — de Catumbi, onde morava o casal Fortunato, e de uma casa de saúde, que adiante se explicará. Como os três personagens aqui presentes estão agora mortos e enterrados, tempo é de contar a história sem rebuço.

Tinham falado também de outra coisa, além daquelas três, coisa tão feia e grave, que não lhes deixou muito gosto para tratar do dia, do bairro e da casa de saúde. Toda a conversação a este respeito foi constrangida. Agora mesmo, os dedos de Maria Luísa parecem ainda trêmulos, ao passo que há no rosto de Garcia uma expressão de severidade, que lhe não é habitual. Em verdade, o que se passou foi de tal natureza, que para fazê-lo entender é preciso remontar à origem da situação.

Garcia tinha-se formado em medicina, no ano anterior, 1861. No de 1860, estando ainda na Escola, encontrou-se com

---
1. Publicado em *Gazeta de Notícias* (01-08-1885). Reunido pelo autor em *Várias Histórias* (1896).

Fortunato, pela primeira vez, à porta da Santa Casa; entrava, quando o outro saía. Fez-lhe impressão a figura; mas, ainda assim, tê-la-ia esquecido, se não fosse o segundo encontro, poucos dias depois. Morava na Rua de D. Manuel. Uma de suas raras distrações era ir ao teatro de S. Januário, que ficava perto, entre essa rua e a praia; ia uma ou duas vezes por mês, e nunca achava acima de quarenta pessoas. Só os mais intrépidos ousavam estender os passos até aquele recanto da cidade. Uma noite, estando nas cadeiras, apareceu ali Fortunato, e sentou-se ao pé dele.

A peça era um dramalhão, cosido a facadas, ouriçado de imprecações e remorsos; mas Fortunato ouvia-a com singular interesse. Nos lances dolorosos, a atenção dele redobrava, os olhos iam avidamente de um personagem a outro, a tal ponto que o estudante suspeitou haver na peça reminiscências pessoais do vizinho. No fim do drama, veio uma farsa; mas Fortunato não esperou por ela e saiu; Garcia saiu atrás dele. Fortunato foi pelo Beco do Cotovelo, Rua de S. José, até o Largo da Carioca. Ia devagar, cabisbaixo, parando às vezes, para dar uma bengalada em algum cão que dormia; o cão ficava ganindo e ele ia andando. No largo da Carioca entrou num tílburi, e seguiu para os lados da Praça da Constituição. Garcia voltou para casa sem saber mais nada.

Decorreram algumas semanas. Uma noite, eram nove horas, estava em casa, quando ouviu rumor de vozes na escada; desceu logo do sótão, onde morava, ao primeiro andar, onde vivia um empregado do arsenal de guerra. Era este que alguns homens conduziam, escada acima, ensangüentado. O preto que o servia acudiu a abrir a porta; o homem gemia, as vozes eram confusas, a luz pouca. Deposto o ferido na cama, Garcia disse que era preciso chamar um médico.

— Já aí vem um, acudiu alguém.

Garcia olhou: era o próprio homem da Santa Casa e do teatro. Imaginou que seria parente ou amigo do ferido; mas, rejeitou a suposição, desde que lhe ouvira perguntar se este tinha família ou pessoa próxima. Disse-lhe o preto que não, e ele assumiu a direção do serviço, pediu às pessoas estranhas que se retirassem, pagou aos carregadores, e deu as primeiras ordens. Sabendo que o Garcia era vizinho e estudante de medicina, pediu-lhe que ficasse para ajudar o médico. Em seguida contou o que se passara.

— Foi uma malta de capoeiras. Eu vinha do quartel de Moura, onde fui visitar um primo, quando ouvi um barulho muito grande, e logo depois um ajuntamento. Parece que eles feriram também a um sujeito que passava, e que entrou por um daqueles becos; mas eu só vi a este senhor, que atravessava a rua no momento em que um dos capoeiras, roçando por ele, meteu-lhe o punhal. Não caiu logo; disse onde morava, e, como era a dois passos, achei melhor trazê-lo.

— Conhecia-o antes? perguntou Garcia.

— Não, nunca o vi. Quem é?

— É um bom homem, empregado no arsenal de guerra. Chama-se Gouveia.

— Não sei quem é.

Médico e subdelegado vieram daí a pouco; fez-se o curativo, e tomaram-se as informações. O desconhecido declarou chamar-se Fortunato Gomes da Silveira, ser capitalista, solteiro, morador em Catumbi. A ferida foi reconhecida grave. Durante o curativo ajudado pelo estudante, Fortunato serviu de criado, segurando a bacia, a vela, os panos, sem perturbar nada, olhando friamente para o ferido, que gemia muito. No fim, entendeu-se particularmente com o médico, acompanhou-o até o patamar da escada, e reiterou ao subdelegado a declaração de estar pronto a auxiliar as pesquisas da polícia. Os dois saíram, ele e o estudante ficaram no quarto.

Garcia estava atônito. Olhou para ele, viu-o sentar-se tranqüilamente, estirar as pernas, meter as mãos nas algibeiras das calças, e fitar os olhos no ferido. Os olhos eram claros, cor de chumbo, moviam-se devagar, e tinham a expressão dura, seca e fria. Cara magra e pálida; uma tira estreita de barba, por baixo do queixo, e de uma têmpora a outra, curta, ruiva e rara. Teria quarenta anos. De quando em quando, voltava-se para o estudante, e perguntava alguma coisa acerca do ferido; mas tornava logo a olhar para ele, enquanto o rapaz lhe dava a resposta. A sensação que o estudante recebia era de repulsa ao mesmo tempo que de curiosidade; não podia negar que estava assistindo a um ato de rara dedicação, e se era desinteressado como parecia, não havia mais que aceitar o coração humano como um poço de mistérios.

Fortunato saiu pouco antes de uma hora; voltou nos dias seguintes, mas a cura fez-se depressa, e, antes de concluída, desapareceu sem dizer ao obsequiado onde morava. Foi o estudante que lhe deu as indicações do nome, rua e número.

— Vou agradecer-lhe a esmola que me fez, logo que possa sair, disse o convalescente.

Correu a Catumbi daí a seis dias. Fortunato recebeu-o constrangido, ouviu impaciente as palavras de agradecimento, deu-lhe uma resposta enfastiada e acabou batendo com as borlas do chambre no joelho. Gouveia, defronte dele, sentado e calado, alisava o chapéu com os dedos, levantando os olhos de quando em quando, sem achar mais nada que dizer. No fim de dez minutos, pediu licença para sair, e saiu.

— Cuidado com os capoeiras! disse-lhe o dono da casa, rindo-se.

O pobre-diabo saiu de lá mortificado, humilhado, mastigando a custo o desdém, forcejando por esquecê-lo, explicá-lo ou perdoá-lo, para que no coração só ficasse a memória do benefício; mas o esforço era vão. O ressentimento, hóspede novo e exclusivo, entrou e pôs fora o benefício, de tal modo que o desgraçado não teve mais que trepar à cabeça e refugiar-se ali como uma simples idéia. Foi assim que o próprio benfeitor insinuou a este homem o sentimento da ingratidão.

Tudo isso assombrou o Garcia. Este moço possuía, em gérmen, a faculdade de decifrar os homens, de decompor os caracteres, tinha o amor da análise, e sentia o regalo, que dizia ser supremo, de penetrar muitas camadas morais, até apalpar o segredo de um organismo. Picado de curiosidade, lembrou-se de ir ter com o homem de Catumbi, mas advertiu que nem recebera dele o oferecimento formal da casa. Quando menos, era-lhe preciso um pretexto, e não achou nenhum.

Tempos depois, estando já formado e morando na Rua de Mata-Cavalos, perto da do Conde, encontrou Fortunato em uma gôndola, encontrou-o ainda outras vezes, e a freqüência trouxe a familiaridade. Um dia Fortunato convidou-o a ir visitá-lo ali perto, em Catumbi.

— Sabe que estou casado?

— Não sabia.

— Casei-me há quatro meses, podia dizer quatro dias. Vá jantar conosco domingo.

— Domingo?

— Não esteja forjando desculpas; não admito desculpas. Vá domingo.

Garcia foi lá domingo. Fortunato deu-lhe um bom jantar, bons charutos e boa palestra, em companhia da senhora, que era interessante. A figura dele não mudara; os olhos eram as mesmas chapas de estanho, duras e frias; as outras feições não eram mais atraentes que dantes. Os obséquios, porém, se não resgatavam a natureza, davam alguma compensação, e não era pouco. Maria Luísa é que possuía ambos os feitiços, pessoa e modos. Era esbelta, airosa, olhos meigos e submissos; tinha vinte e cinco anos e parecia não passar de dezenove. Garcia, à segunda vez que lá foi, percebeu que entre eles havia alguma dissonância de caracteres, pouca ou nenhuma afinidade moral, e da parte da mulher para com o marido uns modos que transcendiam o respeito e confinavam na resignação e no temor. Um dia, estando os três juntos, perguntou Garcia a Maria Luísa se tivera notícia das circunstâncias em que ele conhecera o marido.

— Não, respondeu a moça.
— Vai ouvir uma ação bonita.
— Não vale a pena, interrompeu Fortunato.
— A senhora vai ver se vale a pena, insistiu o médico.

Contou o caso da Rua de D. Manuel. A moça ouviu-o espantada. Insensivelmente estendeu a mão e apertou o pulso ao marido, risonha e agradecida, como se acabasse de descobrir-lhe o coração. Fortunato sacudia os ombros, mas não ouvia com indiferença. No fim contou ele próprio a visita que o ferido lhe fez, com todos os pormenores da figura, dos gestos, das palavras atadas, dos silêncios, em suma, um estúrdio. E ria muito ao contá-la. Não era o riso da dobrez. A dobrez é evasiva e oblíqua; o riso dele era jovial e franco.

— Singular homem! pensou Garcia.

Maria Luísa ficou desconsolada com a zombaria do marido; mas o médico restituiu-lhe a satisfação anterior, voltando a referir a dedicação deste e as suas raras qualidades de enfermeiro; tão bom enfermeiro, concluiu ele, que, se algum dia fundar uma casa de saúde, irei convidá-lo.

— Valeu? perguntou Fortunato.
— Valeu o quê?
— Vamos fundar uma casa de saúde?
— Não valeu nada; estou brincando.
— Podia-se fazer alguma coisa; e para o senhor, que começa a clínica, acho que seria bem bom. Tenho justamente uma casa que vai vagar, e serve.

Garcia recusou nesse e no dia seguinte; mas a idéia tinha-se metido na cabeça ao outro, e não foi possível recuar mais. Na verdade, era uma boa estréia para ele, e podia vir a ser um bom negócio para ambos. Aceitou finalmente, daí a dias, e foi uma desilusão para Maria Luísa. Criatura nervosa e frágil, padecia só com a idéia de que o marido tivesse de viver em contato com enfermidades humanas, mas não ousou opor-se-lhe, e curvou a cabeça. O plano fez-se e cumpriu-se depressa. Verdade é que Fortunato não curou de mais nada, nem então, nem depois. Aberta a casa, foi ele o próprio administrador e chefe de enfermeiros, examinava tudo, ordenava tudo, compras e caldos, drogas e contas.

Garcia pôde então observar que a dedicação ao ferido da Rua D. Manuel não era um caso fortuito, mas assentava na própria natureza deste homem. Via-o servir como nenhum dos fâmulos. Não recuava diante de nada, não conhecia moléstia aflitiva ou repelente, e estava sempre pronto para tudo, a qualquer hora do dia ou da noite. Toda a gente pasmava e aplaudia. Fortunato estudava, acompanhava as operações, e nenhum outro curava os cáusticos. —Tenho muita fé nos cáusticos, dizia ele.

A comunhão dos interesses apertou os laços da intimidade. Garcia tornou-se familiar na casa; ali jantava quase todos os dias, ali observava a pessoa e a vida de Maria Luísa, cuja solidão moral era evidente. E a solidão como que lhe duplicava o encanto. Garcia começou a sentir que alguma coisa o agitava, quando ela aparecia, quando falava, quando trabalhava, calada, ao canto da janela, ou tocava ao piano umas músicas tristes. Manso e manso, entrou-lhe o amor no coração. Quando deu por ele, quis expeli-lo para que entre ele e Fortunato não houvesse outro laço que o da amizade; mas não pôde. Pôde apenas trancá-lo; Maria Luísa compreendeu ambas as coisas, a afeição e o silêncio, mas não se deu por achada.

No começo de outubro deu-se um incidente que desvendou ainda mais aos olhos do médico a situação da moça. Fortunato metera-se a estudar anatomia e fisiologia, e ocupava-se nas horas vagas em rasgar e envenenar gatos e cães. Como os guinchos dos animais atordoavam os doentes, mudou o laboratório para casa, e a mulher, compleição nervosa, teve de os sofrer. Um dia, porém, não podendo mais, foi ter com o médico e pediu-lhe que, como coisa sua, alcançasse do marido a cessação de tais experiências.

— Mas a senhora mesma...

Maria Luísa acudiu, sorrindo:

— Ele naturalmente achará que sou criança. O que eu queria é que o senhor, como médico, lhe dissesse que isso me faz mal; e creia que faz...

Garcia alcançou prontamente que o outro acabasse com tais estudos. Se os foi fazer em outra parte, ninguém o soube, mas pode ser que sim. Maria Luísa agradeceu ao médico, tanto por ela como pelos animais, que não podia ver padecer. Tossia de quando em quando; Garcia perguntou-lhe se tinha alguma coisa, ela respondeu que nada.

— Deixe ver o pulso.

— Não tenho nada.

Não deu o pulso, e retirou-se. Garcia ficou apreensivo. Cuidava, ao contrário, que ela podia ter alguma coisa, que era preciso observá-la e avisar o marido em tempo.

Dois dias depois, — exatamente o dia em que os vemos agora, — Garcia foi lá jantar. Na sala disseram-lhe que Fortunato estava no gabinete, e ele caminhou para ali; ia chegando à porta, no momento em que Maria Luísa saía aflita.

— Que é? perguntou-lhe.

— O rato! o rato! exclamou a moça sufocada e afastando-se.

Garcia lembrou-se que na véspera ouvira ao Fortunato queixar-se de um rato, que lhe levara um papel importante; mas estava longe de esperar o que viu. Viu Fortunato sentado à mesa, que havia no centro do gabinete, e sobre a qual pusera um prato com espírito de vinho. O líquido flamejava. Entre o polegar e o índice da mão esquerda segurava um barbante, de cuja ponta pendia o rato atado pela cauda. Na direita tinha uma tesoura. No momento em que o Garcia entrou, Fortunato cortava ao rato uma das patas; em seguida desceu o infeliz até à chama, rápido, para não matá-lo, e dispôs-se a fazer o mesmo à terceira, pois já lhe havia cortado a primeira. Garcia estacou horrorizado.

— Mate-o logo! disse-lhe.

— Já vai.

E com um sorriso único, reflexo de alma satisfeita, alguma coisa que traduzia a delícia íntima das sensações supremas, Fortunato cortou a terceira pata ao rato, e fez pela terceira vez o mesmo movimento até a chama. O miserável estorcia-se, guinchando, ensangüentado, chamuscado, e não acabava de morrer. Garcia desviou os olhos, depois voltou-os novamente, e estendeu a mão para impedir que o suplício continuasse, mas não chegou a fazê-lo, porque o diabo do homem impunha medo, com toda aquela serenidade radiosa da fisionomia.

Faltava cortar a última pata; Fortunato cortou-a muito devagar, acompanhando a tesoura com os olhos; a pata caiu, e ele ficou olhando para o rato meio cadáver. Ao descê-lo pela quarta vez, até a chama, deu ainda mais rapidez ao gesto, para salvar, se pudesse, alguns farrapos de vida.

Garcia, defronte, conseguia dominar a repugnância do espetáculo para fixar a cara do homem. Nem raiva, nem ódio; tão-somente um vasto prazer, quieto e profundo, como daria a outro a audição de uma bela sonata ou a vista de uma estátua divina, alguma coisa parecida com a pura sensação estética. Pareceu-lhe, e era verdade, que Fortunato havia-o inteiramente esquecido. Isto posto, não estaria fingindo, e devia ser aquilo mesmo. A chama ia morrendo, o rato podia ser que tivesse ainda um resíduo de vida, sombra de sombra; Fortunato aproveitou-o para cortar-lhe o focinho e pela última vez chegar a carne ao fogo. Afinal deixou cair o cadáver no prato, e arredou de si toda essa mistura de chamusco e sangue.

Ao levantar-se deu com o médico e teve um sobressalto. Então, mostrou-se enraivecido contra o animal, que lhe comera o papel; mas a cólera evidentemente era fingida.

— Castiga sem raiva, pensou o médico, pela necessidade de achar uma sensação de prazer, que só a dor alheia lhe pode dar: é o segredo deste homem.

Fortunato encareceu a importância do papel, a perda que lhe trazia, perda de tempo, é certo, mas o tempo agora era-lhe preciosíssimo. Garcia ouvia só, sem dizer nada, nem lhe dar crédito. Relembrava os atos dele, graves e leves, achava a mesma explicação para todos. Era a mesma troca das teclas da sensibilidade, um diletantismo *sui generis*, uma redução de Calígula.

Quando Maria Luísa voltou ao gabinete, daí a pouco, o marido foi ter com ela, rindo, pegou-lhe nas mãos e falou-lhe mansamente:

— Fracalhona!

E voltando-se para o médico:

— Há de crer que quase desmaiou?

Maria Luísa defendeu-se a medo, disse que era nervosa e mulher; depois foi sentar-se à janela com as suas lãs e agulhas, e os dedos ainda trêmulos, tal qual a vimos no começo desta história. Hão de lembrar-se que, depois de terem falado de outras coisas, ficaram calados os três, o marido sentado e olhando para o teto, o médico estalando as unhas. Pouco depois foram jantar; mas o jantar não foi alegre. Maria Luísa cismava e tossia; o médico indagava de si mesmo se ela não estaria exposta a algum excesso na companhia de tal homem. Era apenas possível; mas o amor trocou-lhe a possibilidade em certeza; tremeu por ela e cuidou de os vigiar.

Ela tossia, tossia, e não se passou muito tempo que a moléstia não tirasse a máscara. Era a tísica, velha dama insaciável, que chupa a vida toda, até deixar um bagaço de ossos. Fortunato recebeu a notícia como um golpe; amava deveras a mulher, a seu modo, estava acostumado com ela, custava-lhe perdê-la. Não poupou esforços, médicos, remédios, ares, todos os recursos e todos os paliativos. Mas foi tudo vão. A doença era mortal.

Nos últimos dias, em presença dos tormentos supremos da moça, a índole do marido subjugou qualquer outra afeição. Não a deixou mais; fitou o olho baço e frio naquela decomposição lenta e dolorosa da vida, bebeu uma a uma as aflições da bela criatura, agora magra e transparente, devorada de febre e minada de morte. Egoísmo aspérrimo, faminto de sensações, não lhe perdoou um só minuto de agonia, nem lhos pagou com uma só lágrima, pública ou íntima. Só quando ela expirou, é que ele ficou aturdido. Voltando a si, viu que estava outra vez só.

De noite, indo repousar uma parenta de Maria Luísa, que a ajudara a morrer, ficaram na sala Fortunato e Garcia, velando o cadáver, ambos pensativos; mas o próprio marido estava fatigado, o médico disse-lhe que repousasse um pouco.

— Vá descansar, passe pelo sono uma hora ou duas: eu irei depois.

Fortunato saiu, foi deitar-se no sofá da saleta contígua, e adormeceu logo. Vinte minutos depois acordou, quis dormir outra vez, cochilou alguns minutos, até que se levantou e voltou à sala. Caminhava nas pontas dos pés para não acordar a parenta, que dormia perto. Chegando à porta, estacou assombrado.

Garcia tinha-se chegado ao cadáver, levantara o lenço e contemplara por alguns instantes as feições defuntas. Depois, como se a morte espiritualizasse tudo, inclinou-se e beijou-o na testa. Foi nesse momento que Fortunato chegou à porta. Estacou assombrado; não podia ser o beijo da amizade, podia ser o epílogo de um livro adúltero. Não tinha ciúmes, note-se; a natureza compô-lo de maneira que lhe não deu ciúmes nem inveja, mas dera-lhe vaidade, que não é menos cativa ao ressentimento.

Olhou assombrado, mordendo os beiços.

Entretanto, Garcia inclinou-se ainda para beijar outra vez o cadáver; mas então não pôde mais. O beijo rebentou em soluços, e os olhos não puderam conter as lágrimas, que vieram em borbotões, lágrimas de amor calado, e irremediável desespero. Fortunato, à porta, onde ficara, saboreou tranqüilo essa explosão de dor moral que foi longa, muito longa, deliciosamente longa.

* * *

Sales[1]

Ao certo, não se pode saber em que data teve Sales a sua primeira idéia. Sabe-se que, aos dezenove anos, em 1854, planeou transferir a capital do Brasil para o interior, e formulou alguma coisa a tal respeito; mas não se pode afirmar, com segurança, que tal fosse a primeira nem a segunda idéia do nosso homem. Atribuíram-lhe meia dúzia antes dessa, algumas evidentemente apócrifas, por desmentirem dos anos em flor, mas outras possíveis e engenhosas. Geralmente eram concepções vastas, brilhantes, inopináveis ou só complicadas. Cortava largo, sem poupar pano nem tesoura; e, quaisquer que fossem as objeções práticas, a imaginação estendia-lhe sempre um véu magnífico sobre o áspero e o aspérrimo. Ousaria tudo: pegaria de uma enxada ou de um cetro, se preciso fosse, para pôr qualquer idéia a caminho. Não digo cumpri-la, que é outra coisa.

Casou aos vinte e cinco anos, em 1859, com a filha de um senhor de engenho de Pernambuco, chamado Melchior. O pai da moça ficara entusiasmado, ouvindo ao futuro genro certo

---

1. Publicado em *Gazeta de Notícias* (30-05-1887).

plano de produção de açúcar, por meio de uma união de engenhos e de um mecanismo simplíssimo. Foi no Teatro de Santa Isabel, no Recife, que Melchior lhe ouviu expor os lineamentos principais da idéia.

— Havemos de falar nisso outra vez, disse Melchior; por que não vai ao nosso engenho?

Sales foi ao engenho, conversou, escreveu, calculou, fascinou o homem. Uma vez acordados na idéia, saiu o moço a propagá-la por toda a comarca; achou tímidos, achou recalcitrantes, mas foi animando a uns e persuadindo a outros. Estudou a produção da zona, comparou a real à provável, e mostrou a diferença. Vivia no meio de mapas, cotações de preços, estatísticas, livros, cartas, muitas cartas. Ao cabo de quatro meses, adoeceu; o médico achou que a moléstia era filha do excesso de trabalho cerebral, e prescreveu-lhe grandes cautelas.

Foi por esse tempo que a filha do senhor do engenho e uma irmã deste regressaram da Europa, aonde tinham ido nos meados de 1858. *Es liegen einige gute Ideen in diesen Rock*, dizia uma vez o alfaiate de Heine, mirando-lhe a sobrecasaca. Sales não desceria a achar semelhantes coisas numa sobrecasaca; mas, numa linda moça, por que não? *Há nesta pequena algumas idéias boas*, pensou ele olhando para Olegária — ou Legazinha, como se dizia no engenho. A moça era baixota, delgada, rosto alegre e bom. A influição foi recíproca e súbita. Melchior, não menos namorado do rapaz que a filha, não hesitou em casá-los; ligá-lo à família era assegurar a persistência de Sales na execução do plano.

O casamento fez-se em agosto, indo os noivos passar a lua-de-mel no Recife. No fim de dois meses, não voltando eles ao engenho, e acumulando-se ali uma infinidade de respostas ao questionário que Sales organizara, e muitos outros papéis e opúsculos, Melchior escreveu ao genro que viesse; Sales respondeu que sim, mas que antes disso precisava dar uma chegadinha ao Rio de Janeiro, coisa de poucas semanas, dois meses, no máximo. Melchior correu ao Recife para impedir a viagem; em último caso, prometeu que, se esperassem até maio, ele viria também. Tudo foi inútil; Sales não podia esperar; tinha isto, tinha aquilo, era indispensável.

— Se houver necessidade de apressar a volta, escreva-me; mas descanse, a boa semente frutificará. Caiu em boa terra, concluiu enfaticamente.

Ênfase não exclui sinceridade. Sales era sincero, mas uma coisa é sê-lo de espírito, outra de vontade. A vontade estava agora na jovem consorte. Entrando no mar, esqueceu-lhe a terra; descendo à terra, olvidou as águas. A ocupação única do seu ser era amar esta moça, que ele nem sabia que existisse, quando foi para o engenho do sogro cuidar do açúcar. Meteram-se na Tijuca, em casa que era juntamente ninho e fortaleza; — ninho para eles, fortaleza para os estranhos, aliás inimigos. Vinham abaixo algumas vezes — ou a passeio, ou ao teatro; visitas raras e de cartão. Durou essa reclusão oito meses. Melchior escrevia ao genro que voltasse, que era tempo; ele respondia que sim, e ia ficando; começou a responder tarde, e acabou falando de outras coisas. Um dia, o sogro mandou-lhe dizer que todos os apalavrados tinham desistido da empresa. Sales leu a carta ao pé de Legazinha, e ficou longo tempo a olhar para ela.

— Que mais? perguntou Legazinha.

Sales afirmou a vista; acabava de descobrir-lhe um cabelinho branco. Cãs aos vinte anos! Inclinou-se, e deu no cabelo um beijo de boas-vindas. Não cuidou de outra coisa em todo o dia. Chamava-lhe "minha velha". Falava em comprar uma medalhinha de prata para guardar o cabelo, com a data, e só a abririam quando fizessem vinte e cinco anos de casados. Era uma idéia nova esse cabelo. Bem dizia ele que a moça tinha em si algumas idéias boas, como a sobrecasaca de Heine; não só as tinha boas, mas inesperadas.

Um dia, reparou Legazinha que os olhos do marido andavam dispersos no ar, ou recolhidos em si. Nos dias seguintes observou a mesma coisa. Note-se que não eram olhos de qualquer. Tinham a cor indefinível, entre castanho e ouro; — grandes, luminosos e até quentes. Viviam em geral como os de toda a gente; e, para ela, como os de nenhuma pessoa, mas o fenômeno daqueles dias era novo e singular. Iam da profunda imobilidade à mobilidade súbita e quase demente. Legazinha falava-lhe, sem que ele a ouvisse; pegava-lhe dos ombros ou das mãos, e ele acordava.

— Hem? que foi?

Legazinha a princípio ria-se.

— Este meu marido! Este meu marido! Onde anda você?

Sales ria também, levantava-se, acendia um charuto, e entrava a andar e a pensar; daí a pouco mergulhava outra vez em si. O fenômeno foi-se agravando. Sales passou a escrever horas e horas; às vezes, deixava a cama, alta noite, para ir tomar alguma nota. Legazinha supôs que era o negócio dos engenhos, e disse-lho, pendurando-se graciosamente do ombro:

— Os engenhos? repetiu ele. E voltando a si: —Ah! os engenhos...

Legazinha temia algum transtorno mental, e procurava distraí-lo. Já saíam a visitas, recebiam outras; Sales consentiu em ir a um baile, na Praia do Flamengo. Foi aí que ele teve um princípio de reputação epigramática, por uma resposta que deu distraidamente:

— Que idade terá aquela feiosa, que vai casar? perguntou-lhe uma senhora com malignidade.

— Perto de duzentos contos, respondeu Sales.

Era um cálculo que estava fazendo; mas o dito foi tomado à má parte, andou de boca em boca, e muita gente redobrou os carinhos com um homem capaz de dizer coisas tão perversas.

Um dia, o estado dos olhos foi cedendo inteiramente da imobilidade para a mobilidade; entraram a rir, a derramarem-se-lhe pelo corpo todo, e a boca ria, as mãos riam, todo ele ria a espáduas despregadas. Não tardou, porém, o equilíbrio: Sales voltou ao ponto central, mas — ai dela! — trazia uma idéia nova.

Consistia esta em obter de cada habitante da capital uma contribuição de quarenta réis por mês — ou, anualmente, quatrocentos e oitenta réis. Em troca desta pensão tão módica, receberia o contribuinte durante a Semana Santa uma coisa que não posso dizer sem grandes refolhos de linguagem. Que como ele há pessoas neste mundo que acham mais delicado comer peixe cozido, que lê-lo impresso. Pois era o pescado necessário à abstinência, que cada contribuinte receberia em casa durante a semana santa, a troco de quatrocentos e oitenta réis por ano. O corretor, a quem Sales confiou o plano, não o entendeu logo; mas o inventor explicou-lho.

— Nem todos pagarão só os quarenta réis; uma terça parte, para receber maior porção e melhor peixe, pagará cem réis. Quantos habitantes haverá no Rio de Janeiro? Descontando os judeus, os protestantes, os mendigos, os vagabundos, etc., contemos trezentos mil. Dois terços, ou duzentos mil, a quarenta réis, são noventa e seis contos anuais. Os cem mil restantes, a cem réis, dão cento e vinte. Total: duzentos e dezesseis contos de réis. Compreendeu agora?

— Sim, mas...

Sales explicou o resto. O juro do capital, o preço das ações da companhia, porque era uma companhia anônima, número das ações, entradas, dividendo provável, fundo de reserva, tudo estava calculado, somado. Os algarismos caíam-lhe da boca, lúcidos e grossos, como uma chuva de diamantes; outros saltavam-lhe dos olhos, à guisa de lágrimas mas lágrimas de gozo único. Eram centenas de contos, que ele sacolejava nas algibeiras, passava às mãos e atirava ao teto. Contos sobre contos; dava com eles na cara do corretor, em cheio; repelia-os de si, a pontapés; depois recolhia-os com amor. Já não eram lágrimas nem diamantes, mas uma ventania de algarismos, que torcia todas as idéias do corretor, por mais rijas e arraigadas que estivessem.

— E as despesas? disse este.

Estavam previstas as despesas. As do primeiro ano é que seriam grandes. A companhia teria virtualmente o privilégio da pescaria, com pessoal seu, canoas suas, estações de paróquias, carroças de distribuição, impressos, licenças, escritório, diretoria, tudo. Deduzia as despesas, e mostrava lucro positivo, claro, numeroso. Vasto negócio, vasto e humano; arrancava a população aos preços fabulosos daqueles dias de preceito.

Trataram do negócio; apalavraram algumas pessoas. Sales não olhava a despesa para pôr a idéia a caminho. Não tinha mais que o dote da mulher, uns oitenta contos, já muito cerceados; mas não olhava a nada. São despesas produtivas, dizia a si mesmo. Era preciso escritório; alugou casa na Rua da Alfândega, dando grossas luvas, e meteu lá um empregado de escrita e um porteiro fardado. Os botões da farda do porteiro eram de metal branco, e tinham, em relevo, um anzol e uma rede, emblema da companhia; na frente do *bonnet* via-se o mesmo emblema, feito de galão de prata. Essa particularidade, tão estranha ao comércio, causou algum pasmo, e recolheu boa soma de acionistas.

— Lá vai o negócio a caminho! dizia ele à mulher, esfregando as mãos.

Legazinha padecia calada. A orelha da necessidade começava a aparecer por trás da porta; não tardaria a ver-lhe o carão chupado e lívido, e o corpo em frangalhos. O dote, capital único, ia-se indo com o necessário e o hipotético. Sales, entretanto, não parava, acudia a tudo, à praça e à imprensa, onde escreveu alguns artigos longos, muito longos, pecuniariamente longos, recheados de Cobden e Bastiat, para demonstrar que a companhia trazia nas mãos "o lábaro da liberdade".

A doença de um conselheiro de Estado fez demorar os estatutos. Sales, impaciente nos primeiros dias, entrou a conformar-se com as circunstâncias, e até a sair menos. Às vezes vestia-se para dar uma vista ao escritório; mas, apertado o colete, ruminava outra coisa e deixava-se ficar. Crendice do amor, a mulher também esperava os estatutos; rezava uma *avemaria*, todas as noites, para que eles viessem, que se não demorassem muito. Vieram; ela leu, um dia de manhã, o despacho de indeferimento. Correu atônita ao marido.

— Não entendem disto, respondeu Sales, tranqüilamente. Descansa; não me abato assim com duas razões.

Legazinha enxugou os olhos.

— Vais requerer outra vez? perguntou-lhe.

— Qual requerer!

Sales atirou a folha ao chão, levantou-se da rede em que estava, e foi à mulher; pegou-lhe nas mãos, disse-lhe que nem cem governos o fariam desfalecer. A mulher, abanando a cabeça:

— Você não acaba nada. Cansa-se à toa... No princípio tudo são prodígios; depois... Olha o negócio dos engenhos que papai me contou...

— Mas fui eu que me indeferi?
— Não foi; mas há que tempos anda você pensando em outra coisa!
— Pois sim, e digo-te...
— Não digas nada, não quero saber nada, atalhou ela.

Sales, rindo, disse-lhe que ainda havia de arrepender-se, mas que ele lhe daria um perdão "de rendas", nova espécie de perdão, mais eficaz que nenhum outro. Desfez-se do escritório e dos empregados, sem tristeza; chegou a esquecer-se de pedir luvas ao novo inquilino da casa. Pensava em coisa diferente. Cálculos passados, esperanças ainda recentes, eram coisas em que parecia não haver cuidado nunca. Debruçava-se-lhe do olho luminoso uma idéia nova. Uma noite, estando em passeio com a mulher, confiou-lhe que era indispensável ir à Europa, viagem de seis meses apenas. Iriam ambos, com economia... Legazinha ficou fulminada. Em casa respondeu-lhe, que nem ela iria, nem consentiria que ele fosse. Para quê? Algum novo sonho. Sales afirmou-lhe que era uma simples viagem de estudo, França, Inglaterra, Bélgica, a indústria das rendas. Uma grande fábrica de rendas; o Brasil dando malinas e bruxelas.

Não houve força que o detivesse, nem súplicas, nem lágrimas, nem ameaças de separação. As ameaças eram de boca. Melchior estava, desde muito, brigado com ambos; ela não abandonaria o marido. Sales embarcou, e não sem custo, porque amava deveras a mulher; mas era preciso, e embarcou. Em vez de seis meses, demorou-se sete; mas, em compensação, quando chegou, trazia o olhar seguro e radiante. A saudade, grande misericordiosa, fez com que a mulher esquecesse tantas desconsolações, e lhe perdoasse — tudo.

Poucos dias depois alcançou ele uma audiência do ministro do Império. Levou-lhe um plano soberbo, nada menos que arrasar os prédios do Campo da Aclamação e substituí-los por edifícios públicos, de mármore. Onde está o quartel, ficaria o palácio da Assembléia Geral; na face oposta, em toda a extensão, o palácio do imperador. *David cum Sibyla*. Nas outras duas faces laterais ficariam os palácios dos sete ministérios, um para a Câmara Municipal e outro para o Diocesano.

— Repare V. Ex.ª que é toda a Constituição reunida, dizia ele rindo, para fazer rir o ministro; falta só o Ato Adicional. As províncias que façam o mesmo.

Mas o ministro não se ria. Olhava para os planos desenrolados na mesa, feitos por um engenheiro belga, pedia explicações para dizer alguma coisa, e mais nada. Afinal disse-lhe que o governo não tinha recursos para obras tão gigantescas.

— Nem eu lhos peço, acudiu Sales. Não preciso mais que de algumas concessões importantes. E o que não concederá o governo para ver executar este primor?

Durou seis meses esta idéia. Veio outra, que durou oito; foi um colégio, em que pôs à prova certo plano de estudos. Depois vieram outras, mais outras... Em todas elas gastava alguma coisa, e o dote da mulher desapareceu. Legazinha suportou com alma as necessidades; fazia balas e compotas para manter a casa. Entre duas idéias, Sales comovia-se, pedia perdão à consorte, e tentava ajudá-la na indústria doméstica. Chegou a arranjar um emprego ínfimo, no comércio; mas a imaginação vinha muita vez arrancá-lo ao solo triste e nu para as regiões magníficas, ao som dos guizos de algarismos e do tambor da celebridade.

Assim correram os primeiros seis anos de casamento. Começando o sétimo, foi o nosso amigo acometido de uma lesão cardíaca e de uma idéia. Cuidou logo desta, que era uma máquina de guerra para destruir Humaitá; mas a doença, máquina eterna, destruiu-o primeiro a ele. Sales caiu de cama, a morte veio vindo; a mulher, desenganada, tratou de o persuadir a que se sacramentasse.

— Faço o que quiseres, respondeu ele ofegante.

Confessou-se, recebeu o viático e foi ungido. Para o fim, o aparelho eclesiástico, as cerimônias, as pessoas ajoelhadas, ainda lhe deram rebate à imaginação. A idéia de fundar uma igreja, quando sarasse, encheu-lhe o semblante de uma luz extraordinária. Os olhos reviveram. Vagamente, inventou um culto, sacerdote, milhares de fiéis. Teve reminiscências de Robespierre; faria um culto deísta, com cerimônias e festas originais, risonhas como o nosso céu... Murmurava palavras pias.

— Que é? dizia Legazinha, ao pé da cama, com uma das mãos dele presa entre as suas, exausta de trabalho.

Sales não via nem ouvia a mulher. Via um campo vastíssimo, um grande altar ao longe, de mármore, coberto de folhagens e flores. O sol batia em cheio na congregação religiosa. Ao pé do altar via-se a si mesmo, magno sacerdote, com uma túnica de linho e cabeção de púrpura. Diante dele, ajoelhadas, milhares e milhares de criaturas humanas, com os braços erguidos ao ar, esperando o pão da verdade e da justiça... que ele ia... distribuir...

* * *

UMA NOITE[1]

CAPÍTULO I

— VOCÊ SABE QUE NÃO TENHO PAI nem mãe — começou a dizer o tenente Isidoro ao alferes Martinho. Já lhe disse também que estudei na Escola Central. O que não sabe é que não foi o simples patriotismo que me trouxe ao Paraguai; também não foi ambição militar. Que sou patriota, e me baterei agora, ainda que a guerra dure dez anos, é verdade, é o que me agüenta e me agüentará até o fim. Lá postos de coronel nem general não são comigo. Mas, se não foi imediatamente nenhum desses motivos, foi outro; foi, foi outro, uma alucinação. Minha irmã quis dissuadir-me, meu cunhado também; o mais que alcançaram foi que não viesse soldado raso, pedi um posto de tenente, quiseram dar-me o de capitão, mas fiquei em tenente. Para consolar a família, disse que, se mostrasse jeito para a guerra, subiria a major ou coronel; se não, voltaria tenente, como dantes. Nunca tive ambições de qualquer espécie. Quiseram fazer-me deputado provincial no Rio de Janeiro, recusei a can-

---
1. Publicado em *Revista Brasileira* (dezembro de 1895).

didatura, dizendo que não tinha idéias políticas. Um sujeito, meio gracioso, quis persuadir-me que as idéias viriam com o diploma, ou então com os discursos que eu mesmo proferisse na Assembléia Legislativa. Respondi que, estando a Assembléia em Niterói, e morando eu na corte, achava muito aborrecida a meia hora de viagem, que teria de fazer na barca, todos os dias, durante dois meses, salvo as prorrogações. Pilhéria contra pilhéria; deixaram-me sossegado...

Capítulo II

Os dois oficiais estavam nas avançadas do acampamento de Tuiuti. Eram ambos voluntários, tinham recebido o batismo de fogo na batalha de 24 de maio. Corriam agora aqueles longos meses de inação, que só terminou em meados de 1867. Isidoro e Martinho não se conheciam antes da guerra, um viera do Norte, outro do Rio de Janeiro. A convivência os fez amigos, o coração também, e afinal a idade, que era no tenente de vinte e oito anos, e no alferes de vinte e cinco. Fisicamente, não se pareciam nada. O alferes Martinho era antes baixo que alto, enxuto de carnes, o rosto moreno, maçãs salientes, boca fina, risonha, maneiras alegres. Isidoro não se podia dizer triste, mas estava longe de ser jovial. Sorria algumas vezes, conversava com interesse. Usava grandes bigodes. Era alto e elegante, peito grosso, quadris largos, cintura fina.

Semanas antes, tinham estado no teatro do acampamento. Este era agora uma espécie de vila improvisada, com espetáculos, bailes, bilhares, um periódico e muita casa de comércio. A comédia representada trouxe à memória do alferes uma aventura amorosa que lhe sucedera nas Alagoas, onde nascera. Se não a contou logo, foi por vergonha; agora, porém, como estivesse passeando com o tenente e lhe falasse das caboclinhas do Norte, Martinho não pôde ter mão em si e referiu os seus primeiros amores. Podiam não valer muito; mas foram eles que o levaram para o Recife, onde alcançou um lugar na secretaria do governo; sobrevindo a guerra, alistou-se com o posto de alferes. Quando acabou a narração, viu que Isidoro tinha os olhos no chão, parecendo ler por letras invisíveis alguma história análoga. Perguntou-lhe o que era.

— A minha história é mais longa e mais trágica, respondeu Isidoro.

— Tenho as orelhas grandes, posso ouvir histórias compridas, replicou o alferes rindo. Quanto a ser trágica, olhe que passar, como eu passei, metido no canavial, à espera de cinco ou dez tiros que me levassem, não é história de farsa. Vamos, conte; se é coisa triste, eu sou amigo para tristezas.

Isidoro começou a sentir desejo de contar a alguém uma situação penosa e aborrecida, causa da alucinação que o levou à guerra. Batia-lhe o coração, a palavra forcejava por subir à boca, a memória ia acendendo todos os recantos do cérebro. Quis resistir, tirou dois charutos, ofereceu um ao alferes, e falou dos tiros das avançadas. Brasileiros e paraguaios tiroteavam naquela ocasião — o que era comum —, pontuando com balas de espingardas a conversação. Algumas delas coincidiam porventura com os pontos finais das frases, levando a morte a alguém; mas que essa pontuação fosse sempre exata ou não, era indiferente aos dois rapazes. O tempo acostumara-os à troca de balas; era como se ouvissem rodar carros pelas ruas de uma cidade em paz. Martinho insistia pela confidência.

— Levará mais tempo que fumar este charuto?

— Pode levar menos, pode também levar uma caixa inteira, redargüiu Isidoro; tudo depende de ser resumido ou completo. Em acampamento, há de ser resumido. Olhe que nunca referi isto a ninguém; você é o primeiro e o último.

Capítulo III
Isidoro principiou como vimos e continuou desta maneira:
— Morávamos em um arrabalde do Rio de Janeiro; minha irmã não estava ainda casada, mas já estava pedida; eu continuava os estudos. Vagando uma casa fronteira à nossa, meu futuro cunhado quis alugá-la, e foi ter com o dono, um negociante da Rua do Hospício.
— Está meio ajustada, disse este; a pessoa ficou de mandar-me a carta de fiança amanhã de manhã. Se não vier, é sua.

Mal dizia isto, entrou na loja uma senhora, moça, vestida de luto, com um menino pela mão; dirigiu-se ao comerciante e entregou-lhe um papel; era a carta de fiança. Meu cunhado viu que não podia fazer nada, cumprimentou e saiu. No dia seguinte, começaram a vir os trastes; dois dias depois estavam os novos moradores em casa. Eram três pessoas; a tal moça de luto, o pequeno que a acompanhou à Rua do Hospício, e a mãe dela, D. Leonor, senhora velha e doente. Com pouco, soubemos que a moça, D. Camila, tinha vinte e cinco anos de idade, era viúva de um ano, tendo perdido o marido ao fim de cinco meses de casamento. Não apareciam muito. Tinham duas escravas velhas. Iam à missa ao domingo. Uma vez, minha irmã e a viúva encontraram-se ao pé da pia, cumprimentaram-se com afabilidade. A moça levava a mãe pelo braço. Vestiam com decência, sem luxo.

Minha mãe adoeceu. As duas vizinhas fronteiras mandavam saber dela todas as manhãs e oferecer os seus serviços. Restabelecendo-se, minha mãe quis ir pessoalmente agradecer-lhes as atenções. Voltou cativa.

— Parece muito boa gente, disse-nos. Trataram-me como se fôssemos amigas de muito tempo, cuidadosas, fechando uma janela, pedindo-me que mudasse de lugar por causa do vento. A filha, como é moça, desfazia-se mais em obséquios. Perguntou-me por que não levei Claudina, e elogiou-a muito; já sabe do casamento e acha que o dr. Lacerda dá um excelente marido.

— De mim não disse nada? perguntei eu rindo.

— Nada.

Três dias depois vieram elas agradecer o favor da visita pessoal de minha mãe. Não estando em casa, não pude vê-las. Quando me deram notícia, ao jantar, achei comigo que as vizinhas pareciam querer meter-se à cara da gente, e pensei também que tudo podia ser urdido pela moça, para aproximar-se de mim. Eu era fátuo. Supunha-me o mais belo homem do bairro e da cidade, o mais elegante, o mais fino, tinha algumas namoradas de passagem, e já contava uma aventura secreta. Pode ser que ela me veja todos os dias, à saída e à volta, disse comigo, e acrescentei por chacota: a vizinha quer despir o luto e vestir a solidão. Em substância, sentia-me lisonjeado.

Antes de um mês, estavam as relações travadas, minha irmã e a vizinha eram amigas. Comecei a vê-la em nossa casa. Era bonita e graciosa, tinha os olhos garços e ria por eles. Posto conservasse o luto, temperado por alguns laços de fita roxa, o total da figura não era melancólico. A beleza vencia a tristeza. O gesto rápido, o andar ligeiro, não permitiam atitudes saudosas nem pensativas. Mas, quando permitissem, a índole de Camila era alegre, ruidosa, expansiva. Chegava a ser estouvada. Falava muito e ria muito, ria a cada passo, em desproporção com a causa, e, não raro, sem causa alguma. Pode dizer-se que saía fora da conta e da linha necessárias; mas, nem por isso enfadava, antes cativava. Também é certo que a presença de um estranho devolvia a moça ao gesto encolhido; a simples conversação grave bastava a fazê-la grave. Em suma, o freio da educação apenas moderava a natureza irrequieta e volúvel. Soubemos por ela mesma que a mãe era viúva de um capitão-de-fragata, de cujo meio soldo vivia, além das rendas de umas casinhas que lhe deixara o primeiro marido, seu pai. Ela, Camila, fazia coletes e roupas brancas. Minha irmã, ao contar-me isto, disse-me que tivera uma sensação de vexame e de pena, e mudou de conversa; tudo inútil, porque a vizinha ria sempre, e contava rindo que trabalhava de manhã, porque, à noite, o branco lhe fazia mal aos olhos. Não cantava desde que perdera o marido, mas a mãe dizia que "a voz era de um anjo". Ao piano era divina; passava a alma aos dedos, não aquela alma tumultuosa, mas outra mais quieta, mais doce, tão metida consigo que chegava a esquecer-se deste mundo. O aplauso fazia-a fugir, como pomba assustada, e a outra alma passava aos dedos para tocar uma peça jovial qualquer, uma polca por exemplo — meu Deus! às vezes, um lundu.

Você crê naturalmente que essa moça me enfeitiçou. Nem podia ser outra coisa. O diabo da viuvinha entrou-me pelo coração saltando ao som de um pandeiro. Era tentadora sem falar nem rir; falando e rindo era pior. O péssimo é que eu sentia nela não sei que correspondência dos meus sentimentos mal sopitados. Às vezes, esquecendo-me a olhar para ela, acordava repentinamente, e achava os dela fitos em mim. Já lhe disse que eram garços. Disse também que ria por eles. Naquelas ocasiões, porém, não tinham o riso do costume, nem sei se conservavam a mesma cor. A cor pode ser, não a via, não sentia mais que o peso grande de uma alma escondida dentro deles. Era talvez a mesma que lhe passava aos dedos quando tocava.

Toda essa mulher devia ser feita de fogo e nervos. Antes de dois meses estava apaixonado, e quis fugir-lhe. Deixe-me dizer-lhe toda a minha corrupção — nem pensava em casar, nem podia ficar ao pé dela, sem arrebatá-la um dia e levá-la ao inferno. Comecei a não estar em casa, quando ela ia lá, e não acompanhava a família à casa dela. Camila não deu por isso na primeira semana — ou simulou que não. Passados mais dias, perguntou a minha irmã:

— O doutor Isidoro está zangado conosco?
— Não! por quê?
— Já nos não visita. São estudos, não? Ou namoro, quem sabe? Há namoro no beco, concluiu rindo.
— Rindo? perguntei a minha irmã, quando me repetiu as palavras de Camila.

A pergunta em si era uma confissão; o tom em que a fiz, outra; a seriedade que me ficou, outra e maior. Minha irmã quis explicar a amiga. Eu de mim para mim jurei que não a veria nunca mais. Dois dias depois, sabendo que ela vinha à nossa casa, deixei-me estar com o pretexto de me doer a cabeça; mas, em vez de me fechar no gabinete, fui vê-la rir ou fazê-la rir. A comoção que lhe vi nos primeiros instantes reconciliou-nos. Reatamos o fio que íamos tecendo, sem saber bem onde pararia a obra. Já então ia só a casa delas; meu pai estava enfraquecendo muito, minha mãe fazia-lhe companhia; minha irmã ficava com o noivo, eu ia só. Não percamos tempo que os tiros se aproximam, e pode ser que nos chamem. Dentro de dez dias estávamos declarados. O amor de Camila devia ser forte; o meu era fortíssimo. Foi na sala de visitas, sozinhos, a mãe cochilava na sala de jantar. Camila, que falava tanto e sem parar, não achou palavra que dissesse. Eu agarrei-lhe a mão, quis puxá-la a mim; ela, ofegante, deixou-se cair numa cadeira. Inclinei-me, desatinado, para lhe dar um beijo; Camila desviou a cabeça, recuou a cadeira com força e quase caiu para trás.

— Adeus, adeus, até amanhã, murmurou ela.

No dia seguinte, como eu formulasse o pedido de casamento, respondeu-me que pensasse em outra coisa.

— Nós nos amamos, disse ela; o senhor ama-me desde muito, e quer casar comigo, apesar de ser uma triste viúva pobre...

— Quem lhe fala nisso? Deixa de ser viúva, nem pobre, nem triste.

— Sim, mas há um obstáculo. Mamãe está muito doente, não quero desamparála.

— Desamparála? Seremos dois ao pé dela, em vez de uma só pessoa. A razão não serve, Camila; há de haver outra.

— Não tenho outra. Fiz esta promessa a mim mesma, que só me casaria depois que mamãe se fosse deste mundo. Ela, por mais que saiba do amor que lhe tenho, e da proteção que o senhor lhe dará, ficará pensando que eu vou para meu marido, e que ela passará a ser uma agregada incômoda. Há de achar natural que eu pense mais no senhor que nela.

— Pode ser que a razão seja verdadeira; mas o sentimento, Camila, é esquisito, sem deixar de ser digno. Pois não é natural até que o seu casamento lhe dê a ela mais força e alegria, vendo que a não deixa sozinha no mundo? Talvez que esta objeção a abalasse um pouco; refletiu, mas insistiu.

— Mamãe vive principalmente das minhas carícias, da minha alegria, dos meus cuidados, que são só para ela...

— Pois vamos consultá-la.

— Se a consultarmos quererá que nos casemos logo.

— Então não suporá que fica sendo agregada incômoda.

— Já, já, não; mas pensá-lo-á mais tarde; e quer que lhe diga tudo? Há de pensá-lo e com razão. Eu, provavelmente,

serei toda de meu marido: durante a lua-de-mel, pelo menos
— continuou rindo, e concluiu triste: — e a lua-de-mel pode
levá-la. Não, não; se me ama deveras, esperemos; a minha velha morrerá ou sarará. Se não pode esperar, paciência.

Creio que lhe vi os olhos úmidos; o riso que ria por eles deixou-se velar um pouco daquela chuvazinha passageira. Concordei em esperar, com o plano secreto de comunicar à mãe de Camila os nossos desejos, a fim de que ela própria nos ligasse as mãos. Não disse nada a meus pais, certo de que ambos aceitariam a escolha; mas ainda contra a vontade deles, casaria. Minha irmã soube de tudo, aprovou tudo, e tomou a si guiar as negociações com a velha enferma. Entretanto, a paixão de Camila não lhe trocou a índole. Tagarela, mas graciosa, risonha sem banalidade, toda vida e movimento... Não me canso em repetir essas coisas. Tinha dias tristes ou calados; eram aqueles em que a moléstia da mãe parecia agravar-se. Eu padecia com a mudança, uma vez que a vida da mãe era empecilho à nossa ventura; sentimento mau, que me enchia de vergonha e de remorsos. Não quero cansá-lo com as palavras que trocávamos e foram infinitas, menos ainda com os versos que lhe fiz; é verdade, Martinho, cheguei ao extremo de fazer versos; lia os de outros para compor os meus, e daí fiquei com tal ou qual soma de imagens e de expressões poéticas...

Um dia, ao almoço, ouvimos rumor na escada, vozes confusas, choro; mandei ver o que era. Uma das escravas da casa fronteira vinha dar notícia... Cuidei que era a morte da velha, e tive uma sensação de prazer. Ai, meu amigo! a verdade era outra e terrível.

— Nhã Camila está doida!

Não sei o que fiz, nem por onde saí, mas instantes depois entrava pela casa delas. Nunca pude ter memória clara dos primeiros instantes. Vi a pobre velha, caída num sofá da sala; vinham de dentro os gritos de Camila. Se acudi ou não à velha, não sei; mas é provável que corresse logo para o interior, onde dei com a moça furiosa, torcendo-se para escapar às mãos de dois calceteiros que trabalhavam na rua e acudiram ao pedido de socorro de uma das escravas. Quis ajudá-los; pensei em influir nela com a minha pessoa, com a minha palavra; mas, ao que cuido, não via nem ouvia nada. Não afirmo também se lhe disse alguma coisa e o que foi. Os gritos da moça eram agudos, os movimentos raivosos, a força grande; tinha o vestido rasgado, os cabelos despenteados. Minha família chegou logo; o inspetor de quarteirão e um médico apareceram e deram as primeiras ordens. Eu, tonto, não sabia que fizesse, achava-me num estado que podia ser contágio do terrível acesso. Camila pareceu melhorar, não forcejava por desvencilhar-se dos homens que a retinham; estes, confiando na quietação dela, soltaram-lhe os braços. Veio outra crise, ela atirou-se para a escada, e teria lá chegado e rolado, se eu não a sustivesse pelos vestidos. Quis voltar-se para mim; mas os homens acudiram e novamente a retiveram.

Algumas horas correram, antes que as ordens todas da autoridade fossem expedidas e cumpridas. Minha irmã veio ter comigo para levar-me para a outra sala ou para casa; recusei. Uma vez ainda a exaltação e o furor de Camila cessaram, mas os homens não lhe deixaram os braços soltos. Quando se repetiu o fenômeno, o prazo foi mais longo, fizeram sentá-la, os homens afrouxaram os braços. Eu, cosido à parede, fiquei a olhar para ela, notando que as palavras eram já poucas, e, se ainda sem sentido, não eram aflitas, nem ela repetia os guinchos agudos. Os olhos vagavam sem ver; mas, fitando-me de passagem, tornaram a mim, e ficaram parados alguns segundos, rindo como era costume deles quando tinham saúde. Camila chamou-me, não pelo nome, disse-me que fosse ter com ela. Acudi prontamente, sem dizer nada.

— Chegue-se mais.

Obedeci; ela quis estender-me a mão, o homem que a segurava, reteve-a com força; eu disse-lhe que deixasse, não fazia mal, era um instante. Camila deu-me a mão livre, eu dei-lhe a minha. A princípio, não tirou os olhos dos meus; mas já então não ria por eles, tinha-os quietos e apagados. De repente, levou a minha mão à boca, como se fosse beijá-la. Tendo libertado a outra (foi tudo rápido) segurou a minha com força e cravou-lhe furiosamente os dentes; soltei um grito. A boca ficou-lhe cheia de sangue. Veja; tenho ainda os sinais nestes dois dedos...

Não me quero demorar neste ponto da minha história. Digo-lhe sumariamente que os médicos entenderam necessário recolher Camila ao Hospício de Pedro II. A mãe morreu quinze dias depois. Eu fui concluir os meus estudos na Europa. Minha irmã casou, meu pai não durou muito, minha mãe acompanhou-o de perto. Pouco tempo depois, minha irmã e meu cunhado foram ter comigo. Já me acharam não esquecido, mas consolado. Quando tornamos ao Rio de Janeiro passavam quatro anos daqueles acontecimentos. Fomos morar juntos, mas em outro bairro. Nada soubemos de Camila, nem indagamos nada; ao menos eu.

Uma noite, porém, andando a passear, aborrecido, começou a chover, e entrei num teatro. Não sabia da peça, nem do autor, nem do número de atos; o bilheteiro disse-me que ia começar o segundo. Na terceira ou quarta cena, vejo entrar uma mulher, que me abalou todo; pareceu-me Camila. Fazia um papel de ingênua, creio; entrou lentamente e travou frouxamente um diálogo com o galã. Não tinha que ver; era a própria voz de Camila. Mas, se ela estava no Hospício, como podia achar-se no teatro? Se havia sarado, como se fizera atriz? Era natural que estivesse a costurar, e se alguma coisa lhe restava das casinhas da mãe... Perguntei a um vizinho da platéia como se chamava aquela dama.

— Plácida, respondeu-me.

Não é ela, pensei; mas refletindo que podia ter mudado de nome, quis saber se estava há muito tempo no teatro.

— Não sei; apareceu aqui há meses. Acho que é novata na cena, fala muito arrastado, tem talento.

Não podia ser Camila; mas tão depressa achava que não, um gesto da mulher, uma inflexão de voz, qualquer coisa me dizia que era ela mesma. No intervalo lembrou-me de ir à caixa do teatro. Não conhecia ninguém, não sabia se era fácil entrar desconhecido, cheguei à porta de comunicação e bati. Ninguém abriu nem perguntou quem era. Daí a nada vi sair de dentro um homem, que empurrou simplesmente a porta e deixou-a cair. Puxei a porta e entrei. Fiquei aturdido no meio do movimento; criei ânimo e perguntei a um empregado se podia falar a D. Plácida. Respondeu-me que provavelmente estava mudando de trajo, mas que fosse com ele. Chegando à porta de um camarim, bateu.

— D. Plácida?
— Quem é?
— Está aqui um senhor que lhe deseja falar.
— Que espere!

A voz era dela. O sangue entrou a correr-me acelerado; afastei-me um pouco e esperei. Minutos depois, a porta do camarim abriu-se, saiu uma criada; enfim, a porta escancarou-se, e apareceu a figura de atriz. Aproximei-me, e fizemos teatro no teatro: reconhecemo-nos um ao outro. Entrei no camarim, apertamos as mãos, e durante algum tempo não pudemos dizer nada. Ela, por baixo do carmim, empalidecera; eu senti-me lívido. Ouvi apitar; era o contra-regra que mandava subir o pano.

— Vai subir o pano, disse-me ela com a voz lenta e abafada. Entro na segunda cena. Espera-me?

— Espero.

— Venha cá para os bastidores.

Falei-lhe ainda duas vezes nos bastidores. Soube na conversação onde morava, e que morava só. Como a chuva aumentasse e caísse agora a jorros, ofereci-lhe o meu carro. Aceitou. Saí para alugar um carro de praça; no fim do espetáculo, mandei que a recebesse à porta do teatro, e acompanhei-a dando-lhe o braço, no meio do espanto de atores e empregados. Depois que ela entrou, despedi-me.

— Não, não, disse ela. Pois há de ir por baixo d'água. Entre também, venha deixar-me à porta.

Entrei e partimos. Durante os primeiros instantes, parecia-me delirar. Após quatro anos de separação e ausência, quando supunha aquela senhora em outra parte, eis-me dentro de uma carruagem com ela, duas horas depois de a tornar a ver. A chuva que caía forte, o tropel dos cavalos, o rodar da carruagem, e por fim a noite, complicavam a situação do meu espírito. Cria-me doido. Vencia a comoção falando, mas as palavras não teriam grande ligação entre si, nem seriam muitas. Não queria falar da mãe; menos ainda perguntar-lhe pelos acontecimentos que a trouxeram à carreira de atriz. Camila é que me disse que estivera doente, que perdera a mãe fora da corte, e que entrara para o teatro por ver um dia uma peça em cena; mas sentia que não tinha vocação. Ganho a minha vida, concluiu. Ao ouvir esta palavra, apertei-lhe a mão cheio de pena;

ela apertou a minha e não a soltou mais. Ambas ficaram sobre o joelho dela. Estremeci; não lhe perguntei quem a levara ao teatro, onde vira a peça que a fez fazer-se atriz. Deixei estar a mão no joelho. Camila falava lentamente, como em cena; mas a comoção aqui era natural. Perguntou-me pelos meus; disse-lhe o que havia. Quando falei do casamento de minha irmã, senti que me apertou os dedos; imaginei que era a recordação do malogro do nosso. Enfim, chegamos. Fi-la descer, ela entrou depressa no corredor, onde uma preta a esperava.

— Adeus, disse-lhe.

— Está chovendo muito; por que não toma chá comigo?

Não tinha a menor vontade de ir-me; ao contrário, queria ficar, a todo custo, tal era a ressurreição das sensações de outrora. Entretanto, não sei que força de respeito me detinha à soleira da porta. Disse que sim e que não.

— Suba, suba, replicou ela dando-me o braço.

A sala era trastejada com simplicidade, antes vizinha da pobreza que da mediania. Camila tirou a capa, e sentou-se no sofá, ao pé de mim. Vista agora, sem o caio nem o carmim do teatro, era uma criatura pálida, representando os seus vinte e nove anos, um tanto fatigada, mas ainda bela, e acaso mais cheia de corpo. Abria e fechava um leque desnecessário. Às vezes apoiava nele o queixo e fitava os olhos no chão, ouvindo-me. Estava comovida, decerto; falava pouco e a medo. A fala e os gestos não eram os de outro tempo, não tinham a volubilidade e a agitação, que a caracterizavam; dir-se-ia que a língua acompanhava de longe o pensamento, ao invés de outrora, em que o pensamento mal emparelhava com a língua. Não era a minha Camila; era talvez a de outro; mas, que tinha que não fosse a mesma? Assim pensava eu, à medida da nossa conversação sem assunto. Falávamos de tudo o que não

éramos, ou nada tinha com a nossa vida de quatro anos passados; mas isso mesmo era disperso, desalinhado, roto, uma palavra aqui, outra ali, sem interesse aparente ou real. De uma vez perguntei-lhe:
— Espera ficar no teatro muito tempo?
— Creio que sim, disse ela; ao menos, enquanto não acabar a educação de meu sobrinho.
— É verdade; deve estar um mocinho.
— Tem onze anos, vai fazer doze.
— Mora com a senhora? perguntei depois de um minuto de pausa.
— Não; está no colégio. Já lhe disse que moro só. Minha companhia é este piano velho, concluiu levantando-se e indo a um canto, onde vi pela primeira vez um pequeno piano, ao pé da porta da alcova.
— Vamos ver se ele é seu amigo, disse-lhe.

Camila não hesitou em tocar. Tocou uma peça que acertou de ser a primeira que executara em nossa casa, quatro anos antes. Acaso ou propósito? Custava-me a crer que fosse propósito, e o acaso vinha cheio de mistérios. O destino ligava-nos outra vez, por qualquer vínculo, legítimo ou espúrio? Tudo me parecia assim; o noivo antigo dava de si apenas um amante de arribação. Tive ímpeto de aproximar-me dela, derrear-lhe a cabeça e beijá-la muito. Não teria tempo; a preta veio dizer que o chá estava na mesa.

— Desculpe a pobreza da casa, disse ela entrando na sala de jantar. Sabe que nunca fui rica.

Sentamo-nos defronte um do outro. A preta serviu o chá e saiu. Ao comer não havia diferença de outrora, comia devagar; mas isso, e o gesto encolhido, e a fala a modo que amarrada, davam um composto tão diverso do que era antigamente, que eu podia amá-la agora sem pecado. Não lhe estou dizendo o que sinto hoje; estou mostrando francamente a você a falta de delicadeza da minha alma. O respeito que me detivera um instante à soleira da porta, já me não detinha agora à porta da alcova.

— Em que é que pensa? perguntou ela após certa pausa.

— Penso em dizer-lhe adeus, respondi estendendo-lhe a mão; é tarde.

— Que sinais são estes? perguntou ela olhando-me para os dedos.

Certamente empalideci. Respondi que eram sinais de um golpe antigo. Mirou muito a mão; eu cuidei a princípio que era um pretexto para não soltá-la logo; depois ocorreu-me se acaso alguma reminiscência vaga emergia dos velhos destroços do delírio.

— A sua mão treme, disse ela, querendo sorrir.

Uma idéia traz outra. Saberia ela que estivera louca? Outra depois e mais terrível. Essa mulher que conheci tão esperta e ágil, e que agora me aparecia tão morta, era o fruto da tristeza da vida e de sucessos que eu ignorava, ou puro efeito do delírio, que lhe torcera e esgalhara o espírito? Ambas as hipóteses — a segunda principalmente — deram-me uma sensação complexa, que não sei definir — pena, repugnância, pavor. Levantei-me e fitei-a por alguns instantes.

— A chuva ainda não parou, disse ela; voltemos para a sala.

Voltamos para a sala. Tornou ao sofá comigo. Quanto mais olhava para ela, mais sentia que era uma aleijada do espírito, uma convalescente da loucura... A minha repugnância crescia, a pena também; ela, fitando-me os olhos que já não sabiam rir, segurou-me a mão com ambas as suas; eu levantei-me para sair...

Isidoro deu uma volta e caiu; uma bala paraguaia varou-lhe o coração, estava morto. Não se conheceu outro amigo ao alferes. Por muitas semanas o pobre Martinho não disse uma só chalaça. Em compensação, continuou sempre bravo e disciplinado. No dia em que o marechal Caxias, dando novo impulso à guerra, marchou para Tuiu-Cuê, ninguém foi mais resoluto que ele, ninguém mais certo de acabar capitão; acabou major.

Este livro foi composto na tipologia
Filosofia Regular, em corpo 12/15, e impresso em
papel off-white 80g/m² no Sistema Cameron da
Divisão Gráfica da Distribuidora Record.

Seja um Leitor Preferencial Record
e receba informações sobre nossos lançamentos.
Escreva para
RP Record
Caixa Postal 23.052
Rio de Janeiro, RJ – CEP 20922-970
dando seu nome e endereço
e tenha acesso a nossas ofertas especiais.

Válido somente no Brasil.

Ou visite a nossa *home page*:
http://www.record.com.br